吹部！　第二楽章

赤澤竜也

角川文庫
22212

都立浅川高校吹奏楽部

主な登場人物

三田村昭典《みたむらあきのり》……吹奏楽部顧問。指揮。都立浅川高校教師。通称ミタセン。空気を読まない子どものような大人だが、音楽に関する洞察力は人一倍で天才的な音感を持っている。丘の上の豪邸で母親や執事《しつじ》と暮らす。

嘉門洋子《かもんようこ》……吹部副顧問。都立浅川高校の体育教師でいつもジャージを着用している。通称カモティ。マーチングの指導を行うが楽器の演奏経験はない。集団の統一美にこだわる。年齢不詳でミタセン同様、はげしい一面を持つ。

西大寺宏敦《さいだいじひろあつ》……三年生。担当楽器オーボエ。音楽一家に生まれ音楽のエリート教育を受けるが、中三時に父親と衝突。音大附属高校への進学を拒否する。浅川高校では持ち前の運動神経で野球部のエースになるが、ケガで退部して吹部に転部。沙耶とは幼なじみ。現在は父親と和解し、音大をめざしている。

鏑木沙耶《かぶらぎさや》……三年生。担当楽器チューバ。ごく平凡な女子高生。ほぼ崩壊状態だった吹奏楽部でのんきに暮らしていたが、赴任してきた三田村からむりやり部長にさせられ、吹部の立て直しに奮闘。昨年の東京都大会で部を金賞に導いた立て役者。

都立浅川高校吹奏楽部

主な登場人物

大磯《おおいそ》　渚《なぎさ》……三年生。担当楽器アルトサックス。アニメオタクでツインテールの隠れコスプレイヤー。黙っていれば美人な残念女子。なにごとにものめり込む性格で楽器を吹くとき最大限に揺れる。美大への進学を志望している。

清水真帆《しみずまほ》……三年生。担当楽器トランペット。成績優秀で温厚な性格だが、驚異的なあがり症でなにもかも本番に弱かったが二年生のときに克服。副部長として沙耶をサポートする。

副島《そえじま》　奏《かなで》……三年生。担当楽器フルート。おしゃべりで明るい関西弁のムードメーカー。黄色いカチューシャがトレードマーク。学校の内部事情に詳しい。沙耶とは仲良しグループのひとり。

榊甚太郎《さかきじんたろう》……三年生。担当楽器パーカッション。軽音楽部でハミていたところを沙耶が吹部にスカウト。スネアを担当。寡黙でいつも自分の楽器である「健太」にひとりでしゃべりかけていたのだが、最上級生になるとマーチングにのめり込む。演奏スタイルにこだわるタイプ。

八幡太一《はちまんたいち》……三年生。担当楽器トランペット。不良になりきれない不良。お調子者でひょうきんな性格。サボり癖があるが恵那凛に一目ぼれし、部活に身を入れはじめる。相談事があると西大寺に電話をする。

恵那　凛《えなりん》……二年生。担当楽器フルート。誰しも認める吹奏楽部一の美少女で通称エナリン。小早川の親友で良き理解者。後輩からの人気を小早川と二分しているが、八幡とつき合っていることを残念がられてもいる。

小早川聡美《こばやかわさとみ》……二年生。担当楽器クラリネット。副部長。鼻っ柱が強く直情径行《けいこう》な性格の持ち主。徐々にその暴走気質を露呈させる。バレエと新体操の経験あり。一年生のとき、西大寺に告白をしたことがある。

北川真紀《きたがわまき》……二年生。担当楽器パーカッション。マリンバなど鍵盤打楽器の名手。普段のセミロングをポニーテールにして戦闘態勢になると人が変わったように激しく演奏する。変人、榊甚太郎とつき合っている。

曽根宇羅《そねうら》……一年生。担当楽器パーカッション。シンバルを担当。小柄で華奢、体力があまりない。榊に叱責され騒動を起こす。

都立浅川高校吹奏楽部

主な登場人物

加藤《かとう》　蘭《らん》……浅川高校吹部OG。在学時の担当楽器はホルン。高校卒業後、八王子駅前にあるデパートの化粧品売り場で働いている。元ヤンキーで、私服はホステス風。営業の際はスーツでビシッと決めてくる。沙耶の良き相談相手。

長渕詩織《ながぶちしおり》……浅川高校吹部OG。在学時の担当楽器はトロンボーン。吹部元部長。高校卒業後は大学に進学。冷静で柔らかな物腰の裏に熱い部分を持ち合わせる。

辰吉大介《たつよしだいすけ》……辰吉楽器のオーナー兼フリーのチューバ吹き。いろいろなバンドで活動する現役の音楽家で、沙耶の師匠でもある。ミタセンが辰吉楽器の大口の客という縁で浅川高校の吹部とかかわるようになり、それからは沙耶たちのことを気にかけている。

一

「マーチングなんかやんないからね」

　ミタセンは言い切った。

「絶対に、絶対に、やんないんだから」

　子どもがダダをこねるように、つけ加える。

　校長の命により、浅川《あさかわ》高校吹奏楽部が秋のマーチングコンテストにエントリーすることになったと聞いたのは、ミタセン本人から。しかもほんの数分前のことである。しぶしぶ承諾したとも言っていた。

　にもかかわらず、眼下に八王子《はちおうじ》の町並み広がる窓に向かって「マーチングなんかやんないよ。やるわけないじゃん」と、ひとりごとをつぶやき続けているのだから、あいかわらず往生際のわるい男である。

　ミタセンがこの学校にやってきてから一年。崩壊寸前だった浅高吹部は生まれ変わったかのように躍進し、昨年秋の吹奏楽コンクール東京都大会では金賞を獲得した。惜しくも全国大会への推薦は逃したものの、予想外の大健闘と言っていい結果を残す。

三年生が引退したあと、残った一、二年生の上達はめざましく、進級した今年こそはと意気込みを新たにしていた矢先の出来事だった。

「とにかくマーチングはいやなんだ」

「でも校長先生にコンテストへ参加するって言っちゃったんでしょ？」

「うん、口先だけだけどね」

「じゃあしかたないんじゃ……」

「でも、いやなものは、いやなのよ。鏑木《かぶらぎ》さんはやりたいわけなの？　まさかこのこと、知ってたんじゃないでしょーね？」

ミタセンが怖い声で迫ってきたもんだから、

「まさか。わたしだって急なことでビックリしてます」

思わず大声で返答してしまう。

とはいうものの、思いあたる節《ふし》がなかったわけではない……。

「行ってきまーす」

四月らしい陽気に恵まれたその日、わたしは気合い十分だった。なにしろ高校生活最後の一年がはじまるのである。ショッピングモールの角を曲がり、高台にある学校へと続く坂を見上げると、若葉萌《も》え出る街路樹が目に飛び込んできた。それだけでも気分が高まってくる。

授業も上の空で、吹部のことばかり考えていた。部長としてやらなくてはならないこと、決めておくべきことなど、課題は目白押しだった。

心して臨んだ一学期最初のミーティング。見知らぬ女性の姿が目に入る。

誰なんだろう？

この場にいるということは吹部に関係のあるひとに違いない。

ジャージ姿のウエストは引き締まっているので体形だけだと若そうなんだけど、色黒の顔を見ると、それなりの年輪を重ねているようにも思える。年齢不詳なのである。化粧っ気はない。いつまでたっても口を開くことはなく、ただ黙って教室のすみに立っている。

「副顧問だった野々宮紀子《ののみやのりこ》先生が他校へ転出され、代わりに来られたのがこちらの、えーと、ごめん、名前なんだっけ？」

ミーティングも終盤になって、ミタセンはつけ足すように女性の紹介をはじめた。存在すら忘れていたかのようだった。

「嘉門《かもん》、嘉門洋子《ようこ》です」

予想外に大きな声。しかも力強い。

「東中野《ひがしなかの》高校から来ました。二年生の体育を受け持ちます。楽器の演奏経験はありません。でも、音楽を聴くのは大好きです。吹奏楽のことはなんにもわからないけど、よろしくね」

ミタセンの投げやりな紹介に、多少ムッとした様子ながらも、ハキハキと話す。ザ・体育教師のような雰囲気の持ち主だなと感じていたら、やっぱりそうだった。押しが強そうなので、ちょっとやりにくいかもしれないけど、音楽について素人ならそれほど面倒なことにはならないだろう、なんて思っていると、帰り際に声をかけられた。

「あなたが部長の鏑木さんね。ちょっと聞きたいんだけど、ここの吹奏楽部はマーチング、やらないの？」

いきなりの問いかけに一瞬とまどう。

「えっ、マーチングですか？　そうですね。マーチングをやろうだなんて、誰一人考えたこと、なかったんじゃないかな。去年までは部の存続すら危うかったんですよ。増えたとはいえ、まだまだ強豪校に比べると部員も少ないですから、座奏のコンクールで手一杯だと思ってます」

「ふーん、そうなんだ。でも楽しいんじゃないかな？」

「嘉門先生はマーチングの経験があるんですか？」

「あ、ううん、経験があるわけじゃないのよ。ただ楽しいかなって思っただけ。ゴメンね、引き留めて。じゃあね」

あの新しい副顧問、嘉門先生の差《さ》し金《がね》なんじゃないかしら。

さっそく仲良し四人組で集合。

「ちょっと聞いて。吹部がマーコンにでなきゃなんないんだって。ミタセンが言ってた」

「マジっすか？」

「それって、座奏と両方やるってことなの？」

「そうみたい」

「ウチの体制だと、無理じゃね？」

「共倒れになっちゃうわよ。きっと」

「昨日の夕方、校長から言い渡されたんやろ。わたし聞いてるでぇ。ちなみに、どういいきさつやったかもね」

「えー、奏《かなで》、知ってたの？」

「もち」

その名の通りフルートを奏でる副島《そえじま》奏は情報通。校内に張りめぐらせたネットワークを駆使してマーチング問題の舞台裏を聞き出していた。

「あの新任の嘉門先生が『マーチングコンテストにもエントリーした方がいい』って校長に直談判《じかだんぱん》したらしいでぇ」

両親が大阪出身の奏は、関西弁交じりで、ことの次第を伝えてくれる。

「やっぱりね」

「『座奏の吹奏楽コンクールだけじゃなくて、マーチングも並行してやったら、全国大会へ行けるチャンスが広がる』って言うたんやって」

なんとしても学校の名を上げたい校長は、有無を言わさずミタセンに命令したということらしい。

「でも、嘉門先生は楽器触ったことないって言ってたけど……」

アルトサックス担当の大磯渚《おおいそなぎさ》がツインテールを揺らしながら返すと、

「全国大会にでるようなマーチングの強豪校はどこも八十人くらいで隊列を組むのよ。だいたい常連校って部員が百五十とか二百人とかいるしね。浅高の場合、たとえ新一年生がいっぱい入ったって、そこまでにはなんないから編成が難しいわ。それにウチの学校ってマーチング用の楽器もないんじゃないかしら」

トランペットの清水真帆《しみずまほ》が冷静に現状を分析する。

奏、渚、真帆とわたしはみな最上級生。ずっと助け合って部活を盛り上げてきた。いわば戦友のような間柄だ。

「沙耶《さや》部長、どうするの？」

「どうするもこうするも、いまは明日《あした》からの新入部員勧誘のことであたまがいっぱいなの。そっちの方に全力を注ぐわ。すべてはそれからね」

新二、三年生の演奏力は格段に向上した。次なるステップは音量の増強をはかること。未経験者でも構わないので、ひとりでも多くの新入生に入部してもらい、鍛え上げなくてはならない。ここ数ヵ月、ずっとそのためのシミュレーションを続けていたので、わたし自身、マーチングなんて想定外だったのである。

始業式の翌日から新入生へのオリエンテーションがはじまった。ウチの学校では一週間、各クラブをまわって検討してもらい、翌週に入る部活を決めるという流れになっている。まずは集まってくれた一年生を前にデモ演奏。「銀河鉄道９９９《スリーナイン》」や「風が吹いている」といったメジャーな曲を聴いてもらったあと、興味のある楽器にみずから触れてもらい、音をだすところまでやってもらう。

「音楽経験がなくても大丈夫です。優しい先輩たちが一から教えますよ。まずは楽器を鳴らしてみてくださいね」

恥ずかしかったけど、大声で叫び続けた。

去年の吹部の躍進のおかげなのか、今年は毎日、多くの生徒が集まってくれた。金管高音パートの前では三年トランペットの八幡太一《はちまんたいち》が、

「ペット、吹いてみませんか」と声を張り上げ、清水真帆が手取り足取り、音の出し方を教えている。

パーカッションでは三年の榊甚太郎《さかきじんたろう》がスネアドラムのテクニックを披露し、その横で二年マリンバの北川真紀《きたがわまき》が、

「思いっきり音をだしても大丈夫ですよ。ストレス解消に打楽器をたたいてみませんか」と声をかけると、あちこちで人の輪ができ、音楽準備室周辺の廊下は熱気に包まれ

た。

二、三年生が一緒になって勧誘を続けたので、翌月曜日の放課後には入部希望者で音楽室があふれかえる。

「えー、この紙に氏名、クラス、それとやってみたい楽器を第三希望まで書いてくださいね。第一希望を最優先しますのでご心配なく」

副部長の清水真帆が入部希望用紙を配布すると、

「書き終えたらわたしに提出してください。そのあと、右奥の椅子から順に座っていって」

二年生の副部長、クラリネットの小早川聡美《こばやかわさとみ》がてきぱきと交通整理をする。

「沙耶ちん、すごい人数やね。四十人以上おるんとちゃうのん。ウソみたい」

サイズの合っていない黄色いカチューシャを揺らしながら奏が耳打ちする。

わたし自身、興奮を隠せない。

「冷静に、冷静に」と自分に言い聞かせ、壇上にのぼる。

「部長をやらせてもらっている三年の鏑木沙耶です。チューバを担当してます。えーと、こんなにも大勢のみなさんが浅川高校の吹部に加わってくれることになり、うれしいとともに責任重大だなと感じています。厳しくも楽しい部活にしていきたいと思っておりますので、よろしくお願いいたします」

緊張で意識を失いそうになったけど、なんとか言いたいことは伝えられたんじゃないかな。大磯渚がツインテールを揺らし、目配せをしながら小さくうなずいてくれた。

続いて清水真帆が登壇する。

「放課後になったら、まず音楽準備室にきて、自分の名札を裏返してください。明日までにみなさんのものも作り、下げておきます。次にその左にあるホワイトボードで練習の流れを確認してください。個別練習になるのか、パートで集まるのか、あと合奏は何時からなのかなど、その日のメニューが書かれています。部活をお休みする場合の連絡方法ですが……」

練習の流れや部則を説明する。

なにもかもが順調で怖いくらい。二、三年生の息が合い、なごやかな雰囲気だったので、新入生も安心して入部することができるだろう。

「では、顧問の三田村昭典《みたむらあきのり》先生にお話ししていただきます」

ミタセンの登場だ。

「えーっと、えーっと、みなさんは十五、六歳ということで、おとなと子どもの間くらいの年ごろだよね。でも音楽を奏でるという点では芸術家なの。だから、ある程度の基礎力がついた段階で、ボクはみんなのこと、音楽と向き合うひとりの演奏家であると見なすからね。あの、えーっと、厳しいことを言うかもしれないけど、音楽に対して真剣なんだということで許してね」

かしこまった場所は苦手らしく、いつものように短いあいさつで終わった。

「では、嘉門洋子先生もひとことお願いします」

去年までの副顧問だった野々宮先生は部の活動には一切、口をださなかった。同様に嘉門先生も短く締めくくってくれるものと思っていた。

ところが、壇上にのぼった彼女はよく響く声でこう告げた。

「えーっと、初めまして。副顧問の嘉門です。実は浅川高校吹奏楽部は従来の座奏でのコンクールとともに、マーチングでも全国をめざすことになりました」

そうだった。

新入生にマーチングのこと、伝えるのを忘れてた。

勧誘のことであたまがいっぱいだったので、そこまで気がまわらなかったんだ。あとでミタセンや嘉門先生と相談しなきゃなんないな。

そんなことが脳裏をよぎる。

すぐに終わると思っていた嘉門先生の話は途切れない。

「みんな、マーチングって知ってる？　知ってる人、手を挙げて。ああ、知らない人もいるんだね。音楽を演奏しながら行進するの。素敵な音楽が聴こえてくると自然にからだが動くでしょ。歩くだけじゃないのよ。リズムに合わせて楽器を動かしたりもするの。カッコイイんだから。今度、全国大会のDVDを持ってくるからみんなで観ようね。衣装なんかも凝《こ》ってる学校があってすごいんだよ。一年生は初心者が多くて、これから大変な時期が続くと思うけど、楽器の演奏と並行して毎日、ステップの基本も学んでいってね。もちろん最初は演奏せずに動きをマスターすることからやってもらうんだけど……」

独演会は続く。

こんなに情熱的なひとだとは思わなかった。派手な身振り手振りに抑揚のある声色で話し続ける。とにかく熱い。熱いだけならいいけど、正直くどすぎる。

しかも嘉門先生みずからマーチングのステップを指導するつもりだとは知らなかった。それならそうとあらかじめ言っておいてくれればよかったのに。

マーチング賛美の演説は十分あまり続いた。まだまだ話すつもりみたいだったんだけど、いったん話が途切れた際、ミタセンが割って入った。進んで部員の前で演説することなどこれまではなかっただけに、驚いて耳を傾けると、

「いま、嘉門先生からお話がありましたマーチングに関して、もう少し説明するね。もちろん学校の方針でマーチングコンテストにもエントリーすることになってるよ。でもね、でもね、あくまでも座奏がメインですからね、そこのとこ、忘れちゃダメ。ほとんどの時間はそちらに割きます」

ミタセンの顔つきは嘉門先生への怒りで引きつっている。

「楽器の演奏ができないのにマーチングなんてできっこないんだからさ」

やばい。ふたりの先生の言っていることが食い違っていては、入ったばかりの一年生を混乱させてしまう。

永遠に感じられる一瞬の沈黙。

ふたりの視線が火花を散らす。

動揺で顔が上気し、なんとかしなければと思いつつ、からだが動かない。そのとき、背後からトランペットの音が鳴り響いた。

ミソミラー、シ、ソミー、ミソミラー、シ、ソラミー。

西大寺《さいだいじ》が「ルパン三世のテーマ」を奏でながらみんなの前へと躍り出た。ペットのベルを上下に揺らし、コミカルな振りつけに、新入生の視線はそちらへ釘付《くぎづ》けになる。

三年生の西大寺宏敦《ひろあつ》が、ミタセンと嘉門先生との対立に割って入ってくれたのだ。元野球部で中途入部してきてから一年弱しか経っていないものの、すでにエースの風格がただよっている。ふだんはオーボエをまかされているものの、どんな楽器でもひととおり鳴らすことができるのだ。

ひとしきりフレーズを奏でると、

「きれいな音がだせれば、自然にからだも動くようになるからさ。まあ、一緒にがんばろう」

口べたにもかかわらず、精一杯のアシストを送ってくれたので、わたしは、

「今日は長い間、お疲れさまでした。明日からは遠慮せず、どんどん先輩に話しかけてくださいね。ありがとうございました」

と散会《さんかい》を告げ、なんとか事《こと》なきを得た。

「やばかったねぇ」

耳元で清水真帆がつぶやく。

「わたし、ずっとハラハラしてたんだ。ミタセンと嘉門先生、最初っから離れて立ってて、目も合わさないんだから」

「そうだったんだ。自分のことばっか考えてて全然気づかなかった」

西大寺が目の前を横切ったので、

「ありがとね」と小さくつぶやくと、

「なんかイヤな予感がするな」

そう言い残して去って行った。


家に帰って早速、おかあさんに今日の出来事をぶちまけた。

わたしはおかあさんとふたり暮らし。画家であるおとうさんはノルウェーでひとり気ままに暮らしている。だいたい十数年ぶりに再会したのも去年のことだし、家族の頭数には入れていない。

化粧品販売代理店を経営するおかあさんは自分の母親ながらあこがれの女性。部活の運営について、なんでも相談に乗ってもらっている。もっとも、ただ話を聞いてくれるだけで、具体的にああしろ、こうしろとは言わないんだけどね。

「ほんと焦ったのよ。西大寺が助け船をだしてくれなかったら大変なことになってたんだから」

「なかなかいいとこあるんだね」

「レッスンで忙しいみたいだけど、『吹部だけは手抜きせずにがんばる』って言ってくれてるんだ」

「そうなのね。そう言えば、このまえ宏敦くんのおとうさんとお会いしたわ。沙耶にくれぐれもよろしくって言ってたわよ」

西大寺とは家もちかく、幼なじみの間柄《あいだがら》。音大受験のための準備に時間をとられているようで、最近はゆっくり話をする機会もなかったが、要所要所でサポートしてくれることには感謝している。

「それにしても、またなにかが起こりそうな雰囲気ね」

「おかあさんまでそんなこと言わないでよ。大丈夫よ、嘉門先生はミタセンほど変人じゃなさそうだし」

「そうね、そうあってほしいけど……。まあ、なにが起こってもあなたにとってはそれが財産になるんだから心配してないわ。これからどうするつもりなの？」

「とりあえず明日の昼休み、真帆と一緒にミタセンのとこ行ってみる」

「部長さん、ファイトね」

おかあさんはイタズラっぽく笑っていた。

昼食を終え、副部長の真帆と音楽準備室へ駆けつけると、ミタセンも食事を終えたばかりらしく、あたりに包装紙が散乱していた。ちなみにミタセンのお昼ご飯はクラブハウスサンドと決まっている。それも自宅ちかくの喫茶店のマスターが作ったものでないとダメらしく、マヨネーズ多め、キュウリ抜きが定番なのだそうだ。

いつものようにミタセンの机のまわりをかたづけながら、

「昨日、嘉門先生が言ってたマーチングの練習の件なんですけど、どういうふうに日程に組み込んでいったらいいんでしょうか？　たしかに基本的なステップ練習だけは早めにやっておいた方がいいと思うんです」

と問いかけると、ミタセンは「いったい、なにを言っているんだ」というような顔つきをしながら、ものすごい勢いで話しはじめた。

「校長の命令はマーチングコンテストにエントリーしろってことでしょ。練習しろとは言ってないわけ。出場はするよ。でもそのために楽器演奏の大切な時間を割くのはダメ。マーチングなんか真剣にやるつもりはありません」

「そんな、むちゃな」

わたしが嘆息《たんそく》すると、冷静な真帆が語りかける。

「でも、まったくできないままコンテストにでるわけにもいかないですよね」

「うーん、まあ、そうなんだけどさー。でもやっぱヤダな」

「そんなこと言ったって、校長先生の依頼を受けちゃったわけでしょ？」

　わたしが食ってかかると、

「口ではウンって言ったけど、腹のなかは違うってことなのよ。面従腹背《めんじゅうふくはい》って言葉、習ったでしょ。入試にでるかもよ」

　と居直ったうえ、

「吹奏楽コンクールは八月十日の予選、九月九日に行われる都大会の二度、勝ち抜かないと全国へは行けないの。マーチングコンテストの予選は八月二十六日でしょ。コンクール予選と都大会のあいだの、ウチの吹部にとってもっとも大切な時期に行進ごっこなんかできるわけないじゃん」

　きっぱりと言い切る。

「三田村先生はマーチングが嫌いなんですか？」

　真帆が直球を投げ込むと、

「うん、まあそうだね。ボクはきれいな音楽がやりたいだけなのよ。座って演奏したって難しいのに、どうして動きながらやんなきゃならないのよ。手もとがぶれるし、音だって汚くなるに決まってるじゃん。足踏みの練習のために吹奏楽部の貴重な練習時間を一分、いや一秒だって使うことが許せないのよ」

「そんな……」

「マーチングの用語って軍隊から来ているものが多いの、知ってた？　ボクはそういうの、苦手なわけなのよ。子どものときから『小さく前にならえ』とか『体操隊形に開け』とか言われるの大嫌いだったの。あー、思い出しただけでも虫酸《むしず》が走る」

幼少期より学校になじめず、登校を拒否し続けていたという話はミタセンのおかあさんから聞いていた。集団行動についていけず、怒られる姿は容易に想像がつく。とはいえ、「はい、そうですか」というわけにもいかない。

「あのー、嘉門先生が張り切ってるんですけれども、なにかお話はされたんでしょうか？」

下手《したて》にでてたずねてみると、

「だいたいあの先生ってなんなの。音楽経験なんかないはずなのに、みずから校長に売り込んだんでしょ。妨害工作にしては手が込みすぎてる。もちろんなんの相談も受けてません。話しかけてもこないんだから」ときっぱり。

「一度、時間配分や練習の進め方について話し合ってくれませんか？　なんならわたしたちも立ち会いますので」

と真帆が持ちかけるも、

「向こうからここに来るんなら、まあ少しくらい時間を作ってあげてもいいけれども、気は進まないんだよね。まずは嘉門先生の言い分を聞いてきてよ」

浅川高校に入学してから三年目を迎えるわけだが、わたしも真帆も体育教官室なるところに足を踏み入れるのは初めてだった。運動部の部員や体育祭の実行委員以外はなかなか縁遠い場所である。

体育館の二階から突き出るように運動場を見下ろす小さな空間には、独特の威圧感がある。ノックをして、

「失礼します」と声をかけると、内側から、

「おう」との返答が戻ってきた。

すこし饐《す》えた臭いは棚に積み重なったさまざまな運動用具やユニフォームからでているのだろうか。吹部の部室にただよう乙女の芳香《ほうこう》からはかけ離れている。

「嘉門先生はいらっしゃいますか?」

なかに向かって声を張り上げると、

「こっちこっち、どうぞ入って」

一番奥の机の前にある椅子の上で、ふくらはぎに消炎剤を塗り込む姿が目に入った。ちかづくにつれ、ワセリンの匂いがただよってくる。筋肉でも痛めたのだろうか。わたしたちとは住む世界の違うひとだとあらためて感じた。

こちらから声をかける前に向こうから切り出してきた。

「どうして三田村先生はわたしと口を利こうとしないのかしら?」

のっけから驚くべき問いかけである。

ミタセンは嘉門先生が「話しかけてこない」と真顔で言っていた。

「あのー、嘉門先生の方から三田村先生とコミュニケーションを取ろうとしたんです

か？」

「もちろんよ。あのひと、わたしがちかづいていくと逃げるのよ。まあ、体育教師のわたしから逃げられっこないんだけどね。正面にまわって『マーチングの件でお話があります』って言っても、『いまは忙しい』とか、『急にお腹が痛くなった』だとか、携帯で電話をしているふりをするとか、とにかくまともに取り合ってくれないの。三田村さんって、社会人としてどうかしてるんじゃない？　本当に教師なの？」

おそらく嘉門先生の言うことは正しいのだろう。

社会人としてどうかしているのは、ごもっとも。そんなミタセンと苦労してつき合ってきたのはわたしたちなんです。ただでさえトラブルメーカーなんだから、これ以上騒動を起こさせないでくださいと言いたいところだが、そこはこらえた。「ミタセンは子どものまま大きくなってしまったひとなんです」と伝えるべきかと思ったが、それもやめておいた。いずれわかることである。

「そりゃあ、これまで一生懸命、吹奏楽部をもり立ててきたところにわたしが割り込んできたわけだから気を悪くされるのはわからないでもないのよ。ただ、学校の方針としてマーチングコンテストに参加するって決まったんだから、協力してくれないと困るのよね」

憤懣《ふんまん》やるかたなき様子でぶちまける。新しくきたこの先生は、ミタセンとはまったく違った個性の持ち主なのだろうが、わがままという点においては甲乙《こうおつ》つけがたい。

「ゼロからのスタートなんだから毎日二時間やっても間に合わないくらいなのよ。そもそも、三田村先生はマーチングについて、どう言ってるの？」

わたしたちがミタセンから聞いた言葉をそのまま伝えようものなら、もはやふたりの関係は修復不能になってしまう。

「急にマーチングと二本立てで部活を進めなくてはならなくなって、少々とまどってるようですね」

真帆は極厚のオブラートに包んで説明する。

「それはそうかもしれないわね。でもね、自信はあるの。わたしには見えるのよ」

「なにがですか？」

わたしと真帆は同時に言葉を発した。

「決まってるじゃない。浅川高校の吹部がマーチングで輝かしい実績を残すことよ。新しい部員もたくさん入ったでしょ。あの子たちが隊列を組んで体育館を縦横無尽に行進するの。ああ、カッコイイ。すばらしいわ。そう、三田村先生もきっとわかってくれると思うのよ。絶対に後悔させないんだから」

ふだんから大きな声がさらにボリュームアップ。どうしてもマーチングをやってみたいという気持ちだけは伝わってくる。もっとも、なぜやったことのないマーチングにこれほどの情熱を傾けられるのか。その動機はわからない。

「一度、三田村先生と話し合って、そのお気持ちをぶつけてみたらいかがでしょうか？」

　おずおずと持ちかけると、

「いいわよ。いつでもいいからここへきてくれって伝えといて」

「一緒に音楽準備室へ行ってもらうことはできませんか？」

「それはちょっとどうかな。これまで何度もこちらから話しかけて無視されてるんだからね。今度、そんなことをされたら自分がどうなるかわからないの。一回、三田村先生に話してみてくれる？」

　こうして、わたしたちは再度、ミタセンのもとへ。

「嘉門先生はマーチングに対してかなり強い情熱を持っているみたいなんですよね」

　またしても遠まわしに意向を伝えようとしたのだが、

「あー、やだやだ。ボクは一番苦手なんだよね、ああいう暑苦しいひとがさ。具体的にどうしたいって言ってるの？」

「ですから、毎日二時間はステップの練習に割きたいって言ってて……」

「二時間ですって。まだ楽器をはじめたばかりの大切な時期に問題外です」

　体育教官室へ押し戻され、

「あのー、三田村先生は毎日二時間なんて絶対に無理だと……」

「なにを言ってるのよ。マーチングの採点は演奏と演技が五十点ずつなんだから、練習時間の半分はマーチングに割いてもらわないと」

「えっと、三田村先生は座奏のコンクールの練習もあるので、どうあがいても週に一度、一時間が精一杯だって」

「ちょっとちょっとちょっと。ダメダメ。からだで覚え込むには最初が肝心なんだから。毎日やるからこそ、身につくものなのよ。あのね……」

こうしてわたしと真帆は音楽準備室と体育教官室の間を何度も往復させられ、二日に一度、一時間半をステップ練習にあてるということでなんとかふたりの合意を取りつけた。

二

新学期最初のミーティングが終わってから、数日後のことだった。

「そういや、今年はマーチングコンテストにもエントリーするんだってね」

トランペットの八幡太一はどうでもいい長電話の終わり際、つけ足すようにつぶやいた。なんとか会話を終了しようと言葉少なに返答し続けていたオレだったが、思わず大声でたずねてしまった。

「はあ？　どういうこと」

「いままでのコンクールと並行してマーコンにもでるんだって。西大寺、知らなかったの？」

「マジかよ……」

そのあとは怒りで言葉も出て来ない。

「冗談じゃねえ。できるわけねえじゃん」

こう叫びたかったのだが、八幡に言ってもしかたない。

「やっぱマーチングって衣装とかも別に用意すんだよね。ユーチューブなんかで見たことあるんだけど、大阪の中之島《なかのしま》工業高校のコスチューム、カッコイイよな。オレ、指揮者に立候補しよっかなー。あの、パレードの先頭を歩くヤツ、ドラムメジャーって言うんだっけ？　それにマーチングって金管主体なんだよね。ペットも目立っちゃうわけなんだよなぁ。コルネットと二刀流とかしちゃったりして」

　あいかわらず能天気なことばかり話し続ける八幡との会話を早々に打ち切り、ベッドへ倒れ込む。

　マーチングだってよ。

　いったいどういうことなんだ。ミタセンが決めたのか。まさか、そんなはずはない。どうして急にそんな展開になっちゃったんだろう。

　たしかに浅川高校吹奏楽部はこの半年間で格段の進歩を遂げている。いまの部員の実力は都内でも有数だろう。ただし新二、三年生をあわせても三十人強の部員しかおらず、パワー不足は否めない。悲願である吹奏楽コンクールの全国大会出場を果たすためには、かなりの数の新入生に入部してもらわねばならない。

　名門校ではないので、ほとんどが初心者だろう。基礎から徹底的に鍛え上げ、それなりの演奏力を身につけてもらうだけでも時間がかかる。ウチの吹部にマーチングなんかやっている余裕などない。

　目の前には楽典《がくてん》の教本が開いたままになっている。受験勉強をはじめようとした矢先、八幡から電話があったのだ。そういや、ヤツは美容系の専門学校に行くとか言ってたな。ひょろひょろでニキビ面、清潔感なんかかけらも感じさせない男の将来の夢がメイキャップアーティストだとは知らなかった。友人として「お前じゃムリだ」ととめるべきなんだろうか。

とにかく高校三年にもなると誰しもそれなりに将来の姿を思い描くものだ。

オレにはオレの道がある。

思い直して、ふたたび机に向かってみたものの、マーチングのことが気になって集中できない。

部長の鏑木沙耶にＬＩＮＥで聞いてみようかとスマホを手に取った。

「吹部の件でちょっと聞きたいことがあります」

そう書き込んでみたものの、ちょっと堅苦しい。

「おう、ひさしぶり」

あまりにもなれなれしいかと思い、やっぱ削除。

「さっそくなんだけど、なんで吹部がマーコンにでることになったわけ？」

いきなり本題から入ってみたが、これだとケンカを売っているようである。

結局、メッセージは打てなかった。家がちかく、もともとは幼なじみだったんだけど、近ごろはなかなか話しかけられない。まあ、向こうは気にしていないみたいだが……。

音大受験の準備があるという理由で、吹部の役職は辞退したものの、最上級生として部活を支えていく気持ちを失ってはいない。それだけに、いつまで経ってもあたまのなかからマーチング問題が消えることはなかった。

心配していた新入生の勧誘は予想以上にうまくいった。未経験者が多いのは想定ずみ。各パート間のかたよりも少なく、オレがやっているオーボエに興味を持ってくれた一年生もふたりいて、ホッとする。

ただし、入部希望者への説明会でミタセンと嘉門先生がさっそく衝突したのには驚いた。

あんまり目立つことはしたくなかったんだけど、とっさの思いつきでペットを吹いたのである。

それからも、マーチングのことはずっと気になっていた。でも、わざわざ電話をして情報を集めるのもこっ恥《ぱ》ずかしい。ようやくどういう経緯だったのか知ることができたのはステップ練習開始の前日だった。

「明日の放課後、一時間半だけカモティがマーチングの指導をするんだって」

「カモなんとかってなんなの？」

「西大寺、知らないの？　吹部全員が嘉門先生のことをカモティって呼んでんだよ。目つき鋭いし、眉毛《まゆげ》もつり上がってっから、ポケモンの『カモネギ』っていう案がでたんだけど、さすがにかわいそうだっていう意見もあって、嘉門ティーチャー、略してカモティになったんだ」

オレには吹部の情報はいつも最後に入ってくるようだ。認めたくないけど、親しい友だちは八幡くらいしか頭に浮かばない。

ヤツの話によると、嘉門先生が校長を巻き込んだため、マーチングコンテストにエントリーしなくてはならなくなったのだという。なるほど、やっぱりミタセンは蚊帳《かや》の外だったのだ。

「それにしてもあのカモティはヤバイよな。ひとの話を全然聞かないっていう点ではミタセンと一緒だし、だいたい、なんであんなにしゃしゃり出てくるわけ？　音楽経験ゼロなのにマーチングをやりたがるとか意味わかんねえ」

「自分のことが好きなひとみたいだな」

「ウチの吹部はただでさえ面倒なミタセンを抱えてるっていうのに、なんであんな爆撃機がくるわけよ。ホント、理解できないっつーの」

オレにとって嘉門先生のことなど、それほど重大事ではない。さりげなくもっとも気になってることを聞いてみた。

「で、鏑木はうまくやってけてるのかよ？」

「それそれ。おんなじパートの清水からパー練のとき聞いたんだけど、ミタセンがいる音楽準備室とカモティの陣取る体育教官室のあいだを何回も往復させられて本当に困ってるんだってよ」

予想通り、鏑木は苦労しているらしい。

少し心が痛んだ。

「で、明日の練習、どこでやんの？」

「それが決まってないんだって。明日の昼休みまでには伝えるって言ってたから、もうちょっと待ってみて」

練習場所すら決まっていない吹部のマーチング。いったい、オレたちはどこへ向かっているんだろう。

「真《ま》っ直《す》ぐに立つことはそんなに簡単なことではありません」

初めてのステップ練習は前置きなしにいきなりはじまった。場所は体育館入り口脇にあるコンクリート敷きの狭いスペース。校庭も体育館もほかの部活が使っているので、放課後はここしか練習場所がなかったらしい。

スティックを二本携えたカモティがみんなの前に仁王立ちしている。その立ち居ふるまいはまぎれもなく体育教師である。

「猿から進化したのが人間。猿と人間の違いは直立歩行できるかできないかですよね。でも現代人は背筋を伸ばして立つことができなくなってきています。いまからステップ練習に取り組んでもらうと、そのことがよくわかるようになるからね。マーチングはなによりも姿勢が大切。しっかり練習すれば、見ているだけで気持ちがよくなるような、一本筋の通った人間になれるんです」

現代人とか直立歩行とか言ってる時点で、演説好きなのは間違いない。

「じゃあ、みんな、それぞれ一メートルくらい離れて気をつけをしてください。はじめ」

よく通る声にみながピリッとする。

「ちゃんと立っているつもりなんでしょうけど、ほぼ全員が落第です。ほら、あなた、なんなのその格好。名前は？」

「八幡です」

「体操服を直して」

腰パンしているヤツの腹をスティックで押し、厳しい声で注意する。八幡はあわてて体操服のズボンをたくし上げ、ふたたび直立不動になるのだが、

「足首を合わせて。つま先もそろってない。あなた、それで真っ直ぐに立っているつもりなの。はい、全員、八幡くんに注目」

とやり玉にあげられてしまう。

カモティはその立ち姿にかたっぱしから注文を入れはじめた。

「目線、上げる。そう。ヒザとヒザも合わせて。ダメダメ。全身からだるさがにじみ出てるじゃない」

たしかにふだんからだらしないので、指摘はいちいち正しいのだが、さすがにみんなのさらし者になるのはかわいそうにも思えてくる。

「では、そのまま背伸びしてください。上に上に。その状態のままゆっくり下へ。重心は足の親指の付け根に。まあ、初日だから、これぐらいで我慢してあげる。はい、みん

な、八幡くんを見て。これがテン・ハット、気をつけの姿勢です。では次、ここからいわゆる休めの姿勢に移ります。上半身はそのままで、左足を肩はばに開きます。パレード・レスト。はい八幡くん、やってみて」

緊張で硬くなってしまった八幡は左足を横に滑らせるだけの動作にもかかわらず、上半身がグラグラと揺れた。

「なにやってるのよ」

ふたたびスティックで腹を押される。

「はい、じゃあ、このふたつの動作を繰り返しますね。テン・ハット、パレード・レスト、テン・ハット、パレード・レスト」

カモティは二本のスティックでリズムを取りながらかけ声を張り上げる。「はい、そこ遅れてる。テン・ハット。パレード・レスト。あなた、左足は肩はばと同じ広さよ。開きすぎ」

小学校のときにやった「気をつけ」と「休め」を交互に繰り返しているだけなのだが、全身が緊張しているため、汗ばんでくる。

「はい、やめ。まだまだだけど次に片足立ちの練習に移りますね。楽器はないけど、手で持っているような構えをします。セット・アップ。四拍目で両手を上げて。そう。ではその場で左足を上げてみて。こういう風に左足のくるぶしが右足のヒザのあたりにくるまで上げる。そう。つま先を真下に向けて真っ直ぐ伸ばす」

片足で立ち続けるだけでも難しいのに、足首も固定しなくてはならないと言われ、あちこちで倒れる生徒が続出。そのたびに、

「なにやってるの。集中集中。背筋を伸ばす。楽器を構える腕は平行に。そこずれてるよ」

指示を飛ばす。

「では足踏みに入りますね。左足のくるぶしを右足のヒザの高さまで。はい。いちとぅ・にいとぅ・さんとぅ・し、いちとぅ・にいとぅ・さんとぅ・し。つま先は下に向ける」

テンポがはやく、息つくひまもなく新たな動作へ。いささか強引ではあるものの、圧倒的な指導力の持ち主である。

「ダメダメ、リズムは合ってるけど、足が美しくないよ。ちょっと、あなた、なにやってんの？」

八幡の次に標的となったのはパーカッションのリーダーである榊甚太郎。ふだん運動とは縁遠い生活をしているらしく、足もとがばたついている。

「背中のラインを真っ直ぐに。まだまだ。今度は足首がおろそかになってるよ」

同じパートでマリンバを担当する北川真紀が足踏みをしながら心配そうに視線を送った。このふたりはつき合っている。彼女の前で厳しい指導を受ける榊は能面のような顔つきになっていた。寡黙《かもく》で感情を表にはださないものの、がんこな一面を持つ榊だけに

先行きが心配だ。

結局、初日は前に進むこともなく、ひたすらその場での足踏みだけで時間切れとなってしまった。

「はい、みなさん。今日はここまで。ふだん歩くときも姿勢や足の踏み出し方に気をつけていたらすぐに上達します。次回までにちゃんとおさらいしといてね」

たった一時間半の練習時間だったのに、だれもが肩で息をしていて、疲労困憊《こんぱい》の面持《おもも》ち。楽器のパート練習のため教室へ向かう足取りは重い。

そんななか、カモティはクラリネット担当の小早川聡美となにやら真剣な顔つきで話し込んでいた。上級生に対しても臆《おく》せずズバズバと物を言う二年生だ。たしかにあのふたりの気性は合うのかもしれない。ただ、小早川は相手の気持ちを考えることなく突っ走る傾向があるだけに、なんとなく不穏な空気を感じないわけでもない。


その日の練習を終え、家路についていると、前方をとぼとぼと歩く鏑木沙耶の姿が目に入ってきた。家がちかいものの、部長の沙耶は下校時間ギリギリまで校内に残って打ち合わせなんかをしていることも多かったので、帰りが重なるのは珍しかった。

思わず速度を緩める自分に気づく。

もちろん追いついて、話しかけたい。一緒にそばを歩くだけでもいい。

でもなにを話していいのかわからない。なんかよくわからないけど、ただ単に恥ずかしい。

　なにやってんだ。

　以前の自分なら駆けていって、

「なにしょんぼりしてんだよ」

　と自然に話しかけられたはずなのに。

　ダメダメ。

　自分の気持ちは置いておこう。同じ部活の仲間として、話をしなくてはならないことが山のようにある。

　カモティが来てからというもの、風雲急《ふううんきゅう》を告げる吹部のなかで一番苦労しているのは沙耶に違いない。自分は役職つきではないものの、同じ最上級生として部をもり立てていく義務がある。そうだ、話しかけなくてはならないのだ。

　でも、どうやって。

　学校から新興住宅街へのグリーンベルトに差しかかるところ、前方約十メートルあたりを歩いている沙耶。気づかぬふりをして追い抜けば、むこうから声をかけてくるだろう。

　そう決めて、歩調を早めた。

　ほどなく沙耶に追いついた。

　追い越しぎわ、少し心音が高まる。

　しかし、ヤツは気づかない。下を向いたまま、放心状態で歩いている。

さあ、どうする？

ええい、一世一代のお芝居だ。

「あれ、さ、沙耶、どうした？」

チョーぎこちなく振り向きざま、つっかえながらも声をかける。

「ああ、西大寺。遅くなったんだね。元気してる？」

ふだん通りに話しかけてきたので、少し拍子抜けしたものの、スムーズに会話ができそうで、ホッとした。

「それにしても、今日のステップ練習はきつかったな？」

「うん、きれいな姿勢を維持するだけでも大変なんだって気づかされたよね」

「八幡から少し聞いたんだけど、どうして吹部はマーコンにでることになったんだよ？」

沙耶は副島奏から聞いたという話を教えてくれた。予想はしていたものの、ミタセンとカモティとのあつれきは予想以上に深刻なようだ。

「ただでさえ忙しい吹部の活動に、あんなスパルタなステップ練習を加えるなんてムリだよな。みんなボイコットするんじゃねえの？」

「うーん、そうかしら」

「今日だって榊甚太郎が怖い顔してたぞ。あいつ、無口な分、ため込むタイプだからな」

「みんながボイコットしたら、それはそれで困るんだけど」

「えー、なんで？　マーチングなんかやんない方がいいじゃん。面倒なことも起こんないんだし」

「うん、まあ、そうなんだけどね。いまのわたしはなんとか折り合いをつけて両立させることしか考えていないの」

「なるほどな」

オレは組織のリーダーなんかになったことがない。部長には部長にしかわからないつらさがあるんだろうなと、あらためて感じた。

「オレにできることがあったら言ってくれよな」

「ありがとね。わたしの願いは、嘉門先生とミタセンがなるべく衝突しないようにってことだけなの。ここんとこ、ふたりの間を行ったり来たりしてるから、嘉門先生の気持ちもわかるけど、ミタセンが怒るのも無理ないかなって思っているの」

「わかった。あの新任にもそのうちガツンと言ってやっからさ。オレたちは吹奏楽コンクールで全国へ行くっていう目標でやってきたわけだから、そこのところはブレないようにしねえとな」

「そうね。できればうまく両立したいんだけど、なかなか難しいよね」

春めいてきたとはいえ、朝夕はまだ冷え込む今日この頃。少し寒いのか、沙耶は腕を組んだうえ、話題を変えた。

「音大の受験勉強は進んでるの？」

「ああ、まあ、楽典《がくてん》はそれなりにやってるよ。あと副科ピアノも練習してるけど、なんといっても専攻実技が一番重要だから、バイオリンを弾くしかないんだ」

「ふーん。そっか。それにしても、みんなちゃんと自分の人生を考えててすごいな」

「沙耶は進学だろ？」

「わたしはなんとなく進学って感じなのよね。だけど、正直、なにをめざしてるのかわかってないの。西大寺みたいに音大へ行くとか、渚みたいに美大へ進学するとか、やりたいことが決まってない」

「オレだって、一生やるって決めてるわけじゃない。とりあえず音楽をやるってだけの話だぜ。いまの時点で人生の目標がしっかり定まってるヤツなんかほとんどいねーって。大丈夫大丈夫。それにさ……」

「あっ、ホント、いろいろありがとう。少し元気になったわ。じゃあ、また、明日ね」

気づくと沙耶のマンションの前だった。もっと早く追いかけておけばよかったと後悔しないでもない。

「ああ、じゃあな」

名残惜《なごりお》しかったけど、すぐさま背を向けて自宅へ足を進める。本当は振り返ってみたい気持ちを抑えながら。

二度目のマーチング練習もまた、体育館脇の狭いコンクリート敷きのスペースではじまった。

「はい、みなさん、ご苦労さん。しばらくの間は単純な動きばかりで面白くないかもしれないけれど、なにしろ基本が大切。なのでからだにたたき込んでください。うん。正しくない足踏みからマーチに進んでもけっして美しくはなりませんからね。うん」

カモティはひとことしゃべるたびに「うん、うん」と自分の言葉にうなずいている。思い込みのはげしいタイプに違いない。

練習はまたしてもスパルタだった。

「はい、では前回の復習やってみましょう。テン・ハット。パレード・レスト。遅い遅い遅い。もう忘れたの？　セット・アップ。ダメダメ。ちゃんと楽器を構えているという意識を持って。はい、あなたヒジはもっと上。両手は軽くそえるだけ」

矢継ぎ早の指示にますます緊張感が高まってくる。

「足踏みはじめます。マーク・タイムと言いますから覚えてね。いちとぅ・にいとぅ・さんとぅ・し、いちとぅ・にいとぅ・さんとぅ・し。上体揺れてる、上体、動かさずに。ほら耳を澄まして。足音そろってないでしょ。ずれてるずれてる。足音合わせて。いちとぅ・にいとぅ・さんとぅ・し。重心は足の親指の付け根に置く。いちとぅ・にいとぅ・さんとぅ・し」

スティックをたたきながら声を張り上げる。

野球部にいたオレにとっては大したことのない動きだけど、運動が苦手な部員はどんどん脱落していくだろうと思っていた。ところが前回の練習が終わったあと、あれほど不平不満をこぼしていた部員たちが、今日は格段の進歩を見せている。これには驚いた。

なるほど、もともと吹部には体育会のような気質がある。カモティのスパルタなノリがみんなの負けん気を刺激したようなのだ。

「前回やったのは、足を高く上げるハイ・マーク・タイムでしたが、今日はつま先を地面につけたままヒザだけを曲げるロー・マーク・タイムも交ぜてみます。全員輪になって、おたがいの動きを確認しながらやってみましょう。そうですね。つま先を地面につけたまま、真っ直ぐヒザを前に出す感じ。いいです。じゃあ、交ぜ合わせてやってみますね。はい、まず四分音符のハイ・マーク・タイム。いちとぅ・にいとぅ・さんとぅ・し。続いて八分音符のロー・マーク・タイム。いちとぅ・にいとぅ・さんとぅ・し。二分音符のハイ・マーク・タイム。ゆっくり足を上げて。いぃちぃ・にぃいぃ・さぁあん・しぃい」

その場で足踏みするだけでもリズムが変わるとそれなりに難しい。うまくできている部員もちらほらいるので、みんなおたがいの動きをチェックし合いながら真剣に取り組んでいる。

生徒たちの間からも自然に「いちとぅ・にいとぅ・さんとぅ・し」というかけ声が洩《も》れてくる。生まれてこのかた一切のスポーツと無縁だったと思われるアルトサックスの大磯渚までがツインテールを揺らしながらステップに取り組んでいるのには驚いた。

誰よりも真剣だったのはパーカッションのリーダー、榊甚太郎だ。初日、あれほどウザそうな顔をしていたにもかかわらず、まるで別人のようにやる気満々なのである。八幡の話によると、今日の昼休み、カモティがパーカッション全員を視聴覚室に呼び寄せ、動画を見せたのだという。

「なんか、アメリカでやってるドラム・コー・インターナショナルとか、いろんな国のドラムラインの解説をしたらしいんだ。それを見て、すげえやる気になったらしいよ」

「甚太郎から聞いたのかよ？」

「まさか。あの無口な甚太郎がそんなこと言うわけないじゃん。二年の北川真紀から聞いたんだ」

「マーチングでスネアドラムは花形だからな」

「とにかくドラムセクションがマーチングのキモだからみんなに期待してるとかハッパをかけまくったらしいんだ」

沙耶のスカウトで吹部に移ってきたものの、もともと軽音楽部のドラム担当だった甚太郎。派手なパフォーマンスに惹《ひ》かれるのは当然だろう。甚太郎も含め、パーカッション部門はみんなカモティになびいてしまったらしい。

実際、あの教師はかたっぱしから部員の心をつかんでいった。

厳しい指導の合間に、

「一生懸命やれば、美しく歩けるようになるから。大学受験や就活の面接での好感度がアップするわよ」

などとマーチングの実用的な一面をさりげなくアピール。

「そう。そうよ。しんどいだろうけどがんばって。マーチングはカロリーを消費するからダイエット効果も抜群よ。ふくらはぎが必ず細くなるから」

という呼びかけは吹部の大多数を占める女性陣の心に刺さったようだ。

たしかにカモティのからだにムダな脂肪はついておらず、プロポーションはいいのだろう。あこがれる気持ちはわからないでもない。もっとも、女性としての色気は皆無《かいむ》なので、目標にするのはよした方がいいような気もするが……。

とにかくマーチング教の布教者のようで、次々に信者を獲得しているのである。

部長である鏑木沙耶はあいかわらず顔色がよくないようだ。ミタセンからいろいろ難題をふっかけられているのだろう。みなが必死になってふとももを上げているなか、心ここにあらずといった感じでしきりに校舎の方を見上げている。

いったい、なにを探しているんだろう。

沙耶の視線の先を追ってみると、校舎五階廊下の奥からひとりの男がこちらを見下ろしていた。

誰なんだ、あれは？

いや、そのシルエットから誰なのか一発でわかった。

ミタセンはどうやら双眼鏡でこっちを盗み見しているようである。

怖い。

粘着的なストーカー気質が怖すぎる。

それほど気になるのなら、見に来ればいいと思うのだが、その屈折した性格からのぞき見ることしかできないのだろう。行動のあまりの幼稚さにめまいがする。さすがにあれほど離れていると、ほかの部員たちは気づいていないようだ。

結局、この日の練習もその場での足踏みだけで、前に進むことすらなかった。

しかし、前回に比べると部員たちの顔色は明るい。みな、それなりの手ごたえを感じているようだった。

「西大寺くん、だったわね」

校舎の方へ戻ろうとすると、カモティから声をかけられた。

「はい。なにか?」

「あなた、なにかスポーツをやってたんでしょ?」

「ええ、一年のときは野球部でした」

「だよねー、だよねー。そうだと思った。うんうん。つま先からあたまのてっぺんまでほかの部員とはラインがまったく違うもんね」

妙になれなれしい。

「楽器はオーボエだったっけ」

「ええ」

「マーチングではなにをやるの？」

「フルート以外は音がでるので、金管のどれかをやろうかなと」

「音楽の才能もあるのね。ますますすばらしいわ。小早川さんとともにマーチングの中心人物ね」

なぜだかわからないが、二年生である小早川聡美の名前をだすもんだから、

「いや、部長は鏑木ですから」

と強めの語調で返答する。

「もちろん鏑木さんが部長であることはわかってるわよ。ただ、彼女はなんて言ったらいいのかな、ちょっと押しの弱いとこないかしら？　できればもっと強いリーダーシップでみんなをマーチングの方に引っ張ってってほしいのよね」

なに言ってんだ、このひと。あんたがひとりで引っかきまわしているせいで、沙耶が苦労してんだよ。ふざけんじゃねえよ。

そう伝えたかったんだけど、口べたなオレはまったく言葉が出て来ない。

「三田村先生とわたしの間で走りまわってくれてるのは感謝してるんだけど、おたがいの意見を聞くばかりで、なかなか前に進まないでしょ」

「鏑木はがんばってますよ」

かろうじて言い返す。

本当は、

「鏑木が、あのチョーわがままなミタセンのことをうまく飼い馴《な》らしているからこそ、浅川高校の吹部はなんとかやっていけてんだよ。そこへ、まったくタイプは違うものの、わがまま度合いは負けず劣らずの自己中なあんたが入ってきたから、こんなにしっちゃかめっちゃかになったんでしょう？　あんたがマーチングやるとか言い出したせいで、あんたとミタセンの板ばさみになって、ヤツがどんだけ苦労してるか知ってんのか？」

と叫びたかった。

「うんうん、わかってるわかってる。彼女だって一生懸命だってことわかってるよ。ただ、あなたには特別に期待してるからお願いね」

そう言い残すと、手を振りながら、にこやかに去って行った。絶対にオレの気持ちなどみじんもわかっていないことだけはたしかである。

あぜんとしながらその背中を見ていると、

「西大寺先輩、話があります」

と声をかけられたので、振り返ると目の前に小早川聡美の顔があり、ビックリする。

二年生なのに、部内の誰よりも偉そうなクラリネット奏者。つねづね、ひとと話をする際の距離がちかすぎる。しかも視線を逸《そ》らすことなく相手の目をガン見しながらしゃべり続けるので、圧倒されてなにも言えなくなってしまうのだ。

「どうした？」

「わたし、マーチングに興味がわいてきました。西大寺先輩はどうですか？」

「うん、まあ、やるって決まった以上はやんなきゃなんないんだろうけどね」

否定的な口調で自分の気持ちを伝えたつもりだったのだが、

「そうですよね。やるって決まった以上は、なにがなんでもやり遂げなきゃなんないですよね。西大寺先輩もわたしと同じように感じてくれてたみたいでホントによかったです」

全然伝わってない。

「吹部の部員ってわりと運動できない子とか多いじゃないですか？　わたしはずっとモダンバレエを習ってたから大丈夫なんですけど、きっとみんなは演奏しながらのステップとか苦しむと思うんですよね。西大寺先輩はアスリートでもあるので、そういう点で引っ張っていけると思ってるんですよ。身のこなしもほかの子とは全然違うし。本当に期待してるんで、これからもよろしくお願いします」

おまえはまだ二年生なんだから、そんなに出しゃばらなくてもいいんだよ。だいたい、なんでおまえがオレに「期待してる」とか言う資格があるわけ、と思ったものの、

「はあ、よろしくね」

とだけ伝えておく。

どちらかというと苦手なタイプ。行動力のあるところはいいと思うんだけど、思い込みがはげしく、ひとりで突っ走って吹部を混乱に陥れた過去を持つ。なんで、わざわざこんなことを伝えにきたのかな、と思いながらも、深刻にはとらえていなかった。だが三度目のステップ練習の際、ようやく合点《がてん》がいくことになる。

その日、カモティはみんなを前にしてこう言い放った。

「えーと、今日からマーチの練習に入ります。もちろんこれまでにやった足の動きや姿勢を保ったまま前に進むことを忘れずにね」

ここでひと区切り。

「知っているひとも多いと思うんだけど、行進するとき、バンドの先頭に立って歩きながら、曲の指揮をしたり、隊列変更の指示をだしたりするひとをドラムメジャーと言います。みんなも見たことあるでしょ。バトンを空中に投げてキャッチしたりするひと。今年のマーチングのドラメ、ああ、ドラムメジャーのことなんだけど、小早川聡美さんにやってもらおうと思ってます。もちろん部長は鏑木さんなんですけれども、彼女は座奏のコンクール対策の方が忙しいみたいなので、わけることにしました。小早川さん、ちょっとあいさつして」

「小早川です。こんな大役をまかされて、ちょっと緊張しています。でもなんとかマーチングの方でも吹部を盛り上げていきたいと思っていて……」

小早川が話しているのを聞きながら、横目で沙耶の顔色をうかがうと、真っ青になっている。きっと事前に知らされていなかったのだろう。

さらにカモティはオレにとって寝耳《ねみみ》に水の情報をもたらした。

「それから、マーチングリーダーは西大寺くんにまかせることになりました。マーチングに関してはこのふたりの指導を仰ぐようにね」

三

「失礼します。鏑木です。あのー、三田村先生いらっしゃいますか？」

ノックをしても、いつもの「はーい」という返事が戻ってこない。

恐る恐る音楽準備室の扉を開けると、ミタセンは幅広の事務机の前にドカリと座っていた。

なんだ、いるじゃん。

しかし、すぐさまただならぬ様子に気づく。目を合わせようとしないのだ。

ちかづくやいなや、

「どうして小早川さんがドラムメジャーなのよ？」と叫ぶ。

それはわたしの方が聞きたい。

「西大寺くんがマーチングリーダーだって？　彼はボクたちのコンクールにとって、なくてはならない存在でしょ？　どうしてあっちへ行っちゃったのよ？」

それもまた、わたしが知りたいところである。

この前、西大寺に会ったとき、「あの新任にもそのうちガツンと言ってやっからさ」なんて話してたはずなのに……。いったいどういうつもりなんだろう。カモティに取り込まれてしまったのだろうか。

いかんいかん。すっかりミタセンのペースにはまってしまうところだった。こんなときこそ落ち着かねば。

深呼吸して周囲を見わたす。

ミタセンの牙城《がじょう》である音楽準備室。ふだんから散らかっているのだが、乱雑ぶりに拍車が掛かっている。空気はよどんでいて、しかも薄暗い。

春の陽光がさす心地よい時候にもかかわらず、カーテンを閉め切っているもんだから、こんなにイライラしているのかもしれないな。

運動場側の窓を開け、

「すごい青空ですよ」

話題を変えようとしたものの、ミタセンは聞く耳を持たない。

「とにかくマーチング派に寝返ったヤツらをなんとかして懲《こ》らしめなきゃ。このままいったら敵の思うつぼだよ」

吹奏楽部の顧問にあるまじき、攻撃的な発言を連発する。

西大寺のことはともかく、いまは目の前のやっかいなひとをなんとかしなくてはならない。

「先生は吹奏楽部の顧問なんだから、部員を敵と味方に分けちゃダメですよ。みんなが一体となるように持っていってくれないと困ります。座奏のコンクールとマーチングを並行してやっていくわけで、どっちつかずにならないよう、時間の配分と練習の密度を考えていかなきゃ……」

ミタセンはわたしの言葉になど耳を貸さず、

「こいつは寝返ったわね。この子も敵よ」

と言いながら、蛍光ペンで吹部の部員をピンクとブルーに色分けしている。

さりげなく盗み見してみると、シンバルの一年生・曽根宇羅《そねうら》さんのところは重ね塗りになっていて、横に「大丈夫」と書いてある。

「これはどういうことなんですか？」

「ああ、パーカッションは嘉門先生の軍門に降《くだ》っちゃったから全員敵だと思ってたんだけど、この子はさっき廊下ですれ違ったとき、ボクに明るい声であいさつしたから、まだ大丈夫ってことよ」

ミタセンの言う座奏派とマーチング派の色分けはかなりいい加減なようだ。それにしても、いまさらながら、やることなすこと子どもっぽすぎる。

「どうして鏑木さんはマーチングの執行部に選ばれなかったの？」

「さあ、よくわかりません。わたしは座奏の方が忙しいからって嘉門先生は言ってましたけど」

「鏑木さん、マーチング派のなかに入って内部から攪乱《かくらん》してよ」

考え方が根本的に間違ってる。スパイ映画じゃあるまいし。

「冗談は休み休み言ってください。それより明日の……」

「やだ」

「まだ、なにも言ってません。明日のマーチングの……」

「やだったらやだ」

さすがに腹が立ってきた。

「吹奏楽部がバラバラになってもいいんですか？」

少し声を荒らげて問いかけると、

「うーん、それもやだな」

「じゃあ、嘉門先生と話してみてください」

「えー、気が進まないなぁ」

「お願いします」

「うん、まあ、そのうちね」

なんとか歩みよってもらうよう頼み続け、煮え切らないながらも、ようやくカモティとの対話に応じることだけは承諾を取りつけた。

仲良し四人組で緊急ミーティングを開催する。

「ミタセン、この前のマーチングの練習を盗み見してたんだよね」

副部長でトランペットの清水真帆が報告するので、

「いつものことだよ。気になってしかたないみたい」

と伝えると、

「だから放課後になるとでかい双眼鏡をぶら下げてウロウロしてるんや。買《こ》うたばっかりやって。ミタセンはお金持ちだから高いやつなんやろうね。教職員には『バードウォッチングにはまった』とか言うてるらしいけど」

校内情報に詳しい副島奏が報告する。

「なんとかマーチングのほうにも前向きになってもらえる方法はないかしら」

大磯渚がツインテールを揺らしながらつぶやくと、

「へーぇ。渚はマーチングに興味があるんだ。ちょっとビックリ。わたしたちはみんな座奏のコンクール寄りかと思ってたんだけど、渚はそうでもないの？」

と真帆が問いかける。

「うーんと、うーんと、あの、えと、そりゃ、嘉門先生が来て、いきなり部をかき乱してるのはわかるし、ミタセンが怒る気持ちも理解できるんだよ。ただ、そうね、マーチングっていうのもやってみたいな。音楽があって、なおかつ動きもあるって素敵だなと思って……。でしょ？」

渚がそう言うのはわからないわけでもない。

アニメオタクの渚は美大をめざしている。二年のとき同じクラスだったので、志望動機を聞いてみたことがある。

「美大って、絵を描いたり彫刻を作ったりしたいの？　それとも写真とか映像とか？」

「そんなんじゃないんだ。舞台を学びたいの」

「舞台って？　お芝居のこと？」

「総合芸術としての演劇を学ぶところがあるの。演劇舞踊《ぶよう》デザイン学科っていうんだけどね」

「ふーん。そういうところをでると、どういう仕事に就くひとが多いんだろ？」

「もちろん俳優さんや舞踊家になろうと思っているひともきているわ。それに、えと、そうね、演出家や舞台美術家をめざす学生もいるみたい。わたしはまだなにをやりたいか、はっきり決まっていないんだけど、えーと、そういう方向の勉強をしたいと思ってるんだ」

自分の夢について話す渚の目は輝いていた。将来、なにをしたいかなんて考えたこともなかったから、正直うらやましいとさえ思った。

いろいろな要素の詰まった総合芸術に興味のある渚が、マーチングにひかれるのは当然のことなんだろう。

集まった四人とも、吹部の分裂だけは避けなくてはならないということで一致した。

「とにかくミタセンをマーチングの練習にも連れてこなきゃダメだよね。カモティだって『どうして三田村先生はのぞいてくれないのかしら』って言ってたし」と真帆が強調すると、

「このままやったら吹部が空中分解してしまうかもしれへんしね」と奏も、黄色いカチ

ューシャを上下させながら、何度もうなずく。

「いまはマーチの基本動作をやっているところだからミタセンがいなくても大丈夫だけど、音楽と合わせる段階になると、どうしても指導してもらわなきゃダメなのよね。それにしても、どうやってミタセンとカモティを話し合いのテーブルに着かせればいいのかしら？」

わたしが問いかけると、しばらく沈黙が続く。

口を開いたのは渚だった。

「えと、えと、どこかで吹部の決起集会をやればいいんじゃないかな？　うーんと、ふたりとも参加しなきゃならないような状況を作るのよ。ついでに席も隣同士にしちゃえば、イヤでもしゃべるんじゃないかしら？」

「それはいいかも」

思わずわたしも声が高くなる。

「やるなら土曜日か日曜日やね。場所はどうするのん？」

奏が受けると、

「ウチの隣がイタリアンのレストランなんだけど、昼間の二時から五時までお店を閉めてるの。頼めば使わせてくれるんじゃないかしら。結構、広いお店だから詰め込めば全員入れると思うよ」

真帆がうけあう。彼女の自宅は八王子の商店街の一角にあり、一階で文房具屋を営んでいる。ＪＲの八王子駅からもちかいので、集合場所としても好都合だ。

「どういうふうに呼び出そう？」

「お菓子とお茶くらいは用意しないとね」

「みんなのまえで、はっきりと和解できると、いい方に向くかもよ」

「決起集会なんだから、まだ吹部になじめていない一年生をとけ込ませるような機会にもなればいいね」

アイデアは次々に浮かぶ。その場で具体的な段取りも決まり、いざ翌日から動きだそうと思っていたのだったが……。

驚くべき電話がかかってきたのは、その日の夜だった。

「鏑木さん？　ひさしぶり。辰吉《たつよし》です。覚えてるかな？」

「覚えているもなにも。本当におひさしぶりです」

辰吉大介《だいすけ》さんはわたしのお師匠さん。二年生のとき、フルートからいきなりチューバへの転向を命じられ、呆然《ぼうぜん》としていたわたしに低音楽器の魅力を教えてくれた恩人だ。辰吉楽器のオーナーとしての本業に従事するいっぽう、フリーのチューバ吹きとしていろいろなバンドで活動する現役の音楽家でもある。

「さっそくなんだけど、二週間後の日曜日に開催される『多摩《たま》センターわっしょい祭り』で、浅高の吹部がパレードするって本当なの？」

「えっ、パレード？」

思わず声がひっくり返ってしまった。

「ボクも実行委員のひとりなんだけど、急遽《きゅうきょ》、参加が決まったって聞いたんだ」

「知りません……」

パレードのパの字も聞いていない。

「やっぱりそうなんだ。いや、ボクもおかしいなって思って電話を入れてみたんだ。三田村先生や鏑木さんから話があったんなら、喜んで協力するんだけど、カモなんとか先生っていう新任のかたが『どうしてもパレードにでたい』って言ってきたっていう話だったから、どういうことなのかなと思ってね。もちろんわれわれ実行委員としては、地元公立高校の吹奏楽部がでてくれるのなら、願ったり叶《かな》ったりなんだけどね」

「実はですね……」

ミタセンの人となりを知り抜いている辰吉さんなので、カモティが赴任してからの浅高吹部の混乱ぶりを包み隠さず説明した。

「そうだったんだ」

「部長なのに部のことを把握できてなくて、なさけないですよね」

「いやいや。三田村先生ひとりでも大変なのに、よけいにややこしい展開になってたんだね。力になれることがあったらなんでも言ってね」

「はい。ありがとうございます。また、連絡入れさせてもらいます」

電話を切ってからもしばらく放心状態。なにもかも初耳だった。とりあえず副部長の真帆にだけ連絡を入れておく。

翌日の昼休み、体育教官室へ直行した。

「嘉門先生、『多摩センターわっしょい祭り』のパレードに参加するって本当ですか？」

「うん、そうだけど。あれ、聞いてなかった？」

「聞いてません」

「おかしいなぁ。小早川さんには伝えるように言っておいたんだけどね」

「それにしても、どうしてそんなに急に」

「いやー、なんか『イベントに花を添えたいから、でてみないか』って言われたもんだから……。マーチングの楽しさを知ってもらうにはいい機会かなと思ってさ」

辰吉さんは嘉門先生のほうから売り込みがあったと言っていた。話が違っていて、イラッとしたものの、そのへんは突っ込まないでおく。

「再来週の日曜日は吹奏楽コンクールの課題曲を初めて合奏練習する日になっているんです。三田村先生とは相談したんですか？」

「あっ、そうだったんだ。でもパレードの日は動かせないから、練習の日取りを変えてもらうしかないわね。月曜日のステップ練習を課題曲の合奏にシフトさせたらいいんじゃない？　校外活動には積極的に参加してかまわないって校長先生から許可をもらっているのよ。悪いけど三田村先生にはうまく言っといてよ」

両手を合わせ、お願いするポーズを取る。

わたしたちにとって、校長先生の承諾なんかより、ミタセンのつむじを曲げさせないことのほうが一億倍も大切なんです、と叫びたかったが我慢した。

「新入生には未経験者も多いですし、間に合うんですか？」

「そこが狙いなの。あのね、スポーツの世界ではそうなんだけど、実際に本番を経験することは練習の何十倍もの実力を養成することになるのよ。今回のパレードには初心者の一年生も全員でてもらうつもり。人前で楽器を演奏することの難しさと楽しさの両方を経験してもらいたいのよ。大丈夫。きっと盛り上がるし、吹奏楽部にとってもプラスになるから。わたし、自信があるの」

カモティはいつものようにひとりで話し続けた。

もちろん、ミタセンがいない吹奏楽部だったら、彼女の言うようプラスに働くのかもしれない。ただ、わたしたちは吹奏楽コンクールの全国大会出場だけを目標にこれまでがんばってきたので、そちらのほうにも配慮してもらわないと共倒れになってしまいかねない。

そんなことを話したかったのだが、カモティはみずからの構想について話し続けるもんだから、口をはさむスキすら見つからない。

放課後になって、まずドラムメジャーに抜擢《ばってき》された小早川聡美さんのところへ話を聞きに行った。

「鏑木先輩にもお話ししなくてはと思ってて、一度、教室へも行ったんですけど、いらっしゃらなくて。そもそも、わたしが嘉門先生から『多摩センターわっしょい祭り』の話を聞かされたのも一昨日《おととい》のことなんです」

気が強く、一部の三年生からは生意気と言われている小早川さん。直情径行《ちょくじょうけいこう》な性格だけど、ウソをつくタイプではない。

「そうなんだ。じゃあ、しかたないね」

「当日は一時間、三キロも練り歩くんですよ。曲目とか振りつけ、コスチュームなんかも決めなくてはならないから、ちょっとパニックになってて」

「一時間もパレードするんだ」

「そうなんです。あと二週間しかないので焦ってます」

そこへ同じ二年生でフルートを担当する恵那凛《えなりん》さんがやってきた。誰しも認める吹奏楽部一の美少女で通称はエナリン。小早川さんとは親友の仲であり、浅高吹部では企画・広報を担当している。

「部長、お疲れさまです。お話の途中に割り込んですみませんがちょっといいですか」

「いいよ」

「サトミ、簡単にできそうな曲目リストを作ったから見てみて。『コパカバーナ』とか

『ロコ・モーション』なんかだと、一年でも吹けるかもよ。とにかく派手に見えて簡単な曲を選ばないと……」

吹奏楽部の部長でありながら、パレードの構成を決めることにすら関われない。いまさらながらショックだった。カモティが小早川さんをドラムメジャーに指名したのだからしかたのないことなのだろうけど、疎外感を覚えてしまう。

必死に作り笑いを浮かべながら、

「なにかおてつだいできることがあったら言ってね」と伝えると、

「ありがとうございます」

ふたりは顔すら上げずに言葉だけを投げかけてきた。一瞬、ムッとするがなんとか心を落ち着かせる。

気が晴れぬまま、今度は音楽準備室へと向かった。

予想どおり、ミタセンはおかんむり。

「えー、日曜日？　ダメダメ、絶対にダメ。合奏やるんだから」

「でも、正式にエントリーしちゃったみたいで……」

「もう嘉門先生、許さないからね。マーチングなんか絶対に協力しない。断固反対。絶対に阻止するんだから」

息巻いている。

「連中を甘く見ちゃダメ。鏑木さんもマーチング一派に取り込まれないようにね。こうなったら少し手荒な手段にでないと」

　もはやこっちの言うことなど聞く耳を持たない。前回の談判でようやくカモティに歩みよる気配を見せていたミタセンだったが、元の木阿弥《もくあみ》になってしまった。

　決起集会作戦が遂行不能となったため、仲良し四人組でふたたび協議する。

「とりあえず、もうエントリーしてしまったからには、パレードにはでないとダメだと思うの。いまさら『顧問が反対してるからキャンセルします』とは言えないわ」

　わたしが語りかけると、

「残り二週間しかないから、パレードの準備と座奏の時間配分を考えなアカンね」と奏が受ける。

「ふだんの練習ではコンクール曲を中心にやるよう、各パートのリーダーに伝えてあるわ。『パレードの曲は自宅で練習しておく』っていうのも全員に知らせてあるから。ただでさえ忙しいところみんな大変だとは思うけど」

　副部長の真帆はすでに的確な指示をだしていた。

「それにしても、小早川さん、いくらドラメになったからって、部長の沙耶にもっと相談すべきやないんかな」

「そうそう。なんでもかんでも自分で仕切ろうとしすぎなのよ」

「いくらカモティの指示やからって、ミタセンにだって報告しといたらええのにね」

「マーチングと座奏を両立させるんだから、もっとコミュニケーションに気を配ってほしいわ」

真帆と奏は不満げな様子で言葉を交わす。

気になったのは渚の表情だった。下を向いたまま会話に入ってこない。

もともと口数の多い方ではなかったものの、それでも相づちを打ったり、短いながらも的を射た意見をくれるのが常だった。

四人で作っているLINEのグループでの書き込みも、ここ数日激減している。いつもは話題がなくても声優さんの情報とか、新作アニメの感想などを書き込んでくれるのだが……。

「また、それぞれのパートの雰囲気を教えてね」

具体的な方策を思いつかぬまま、各自の練習場所へと戻った。

翌日のステップ練習。場所はいつものように体育館脇の狭いスペースだった。

「えーと、みなさんも聞いていると思いますけど、『多摩センターわっしょい祭り』のパレードに参加することになりました。一年生も全員参加です。残り二週間を切ってますので、しっかり練習しておくように。いまから楽譜を配りますね」

いつもどおりカモティは情熱的に話す。自分の知らないところで曲目が決まってしまっていたということは少なからず悲しかった。やっぱりわたしは名ばかりの部長なのだろうか。部長になったばかりの二年生のときの気持ちがよみがえってきた。

「あー、あとコンバスと、ファゴットのようなダブルリードの楽器の子はカラーガードをやってもらうことになります。まだ姿勢や歩き方だって身についてはいませんが、まずはぶっつけ本番。楽器を演奏しながら体を動かすことの楽しさをみんなに知ってもらいたいと思ってます」

演説は続く。

いつもと違うのはカモティの両脇に小早川さんと西大寺が立っていること。マーコンはこのふたりが仕切っていると誰が見ても明らかである。

マーチングリーダーに指名されたのだから、西大寺が中心になるのは当たり前なのかもしれない。でも、なんだかこころから喜べない自分がいる。

さりげなく西大寺の表情をうかがうも、うつむき気味で、なにを考えているのやらよくわからない。

続いて小早川さんが演説をぶった。

「今日からマーチングの基礎と並行して、パレード曲のステップ練習もはじめます。まだすべての曲の振りつけを決めていないので、できているものからやりますね。パレードはポップス曲中心の組み立てになってます。CDで曲を流すので足まねだけやってみて。間違っても全然かまいませんから、大胆にね。じゃあ、レディ・セット」

まずは浅高吹部の十八番《おはこ》である「宝島」から。二、三年生は目をつぶってでも演奏できる。スピーカーから流れるリズムにあわせてステップの練習がはじまった。

「あー、違う違う、ずれてるずれてる」

「右と左が逆だよ」

前回までのカモティのスパルタな特訓とは違い、あちこちで笑い声が洩れる。

楽器を上下させたり、一、二、一、二のリズムで足を左右に踏み出す簡単なステップだったが、吹奏楽版の「宝島」はサンバっぽい編曲になっているので、みんなノリノリで踊っている。

この日はもう一曲、ディズニーメドレーをやっただけだった。それでもみんなの熱気や盛り上がりはダイレクトに伝わってきた。部員の表情が明るいのだから、本来なら喜ぶべきなのだが、素直に笑えない自分がいた。

どうしようか迷ったものの、ステップ練習が終わってから、小早川さんに声をかけた。

「もう曲目は全部決まったんだね」

「はい。みんながいろいろ推薦曲をだしてくれたんで。そんなに迷っている時間もありませんから」

「てつだえることがあったらなんでも言ってね。振りつけや曲の仕上げ、コスチュームなんかで困っていることはないかしら」

たとえ縁の下の力持ちでもかまわない。なんでもいいから役に立ちたいというのは本心だった。

「ありがとうございます。振りつけは恵那が一緒に考えてくれてるので、なんとかなりそうです。演奏については、いまのところ三田村先生のサポートが得られないようなので、西大寺先輩が中心になって音作りをしていくことになってます」

予期せぬ西大寺の名前に少し驚いたが、なんとか顔にはださずにすんだ。

「コスチュームやカラーガードの旗については大磯先輩が全部担当してくださることになっています」

渚がパレードの準備をてつだっている。

まったく聞いていなかった。

「鏑木先輩にお願いしたいことがひとつあります」

「うん。なんでも言って」

動揺を隠し、作り笑いを浮かべる。

「マーチング用の楽器が足りないんですよ。なんとかなりませんか。特にパーカッションが間に合ってません。榊先輩や北川先輩は『いずれ自分で買う』って言ってくれてるんですけど、『わっしょい祭り』以降になるみたいで」

いま吹部にある楽器は、閉校になった学校からかき集めてきたものと、ミタセンが自腹で購入したものばかり。楽器調達の頼みの綱であるミタセンがヘソを曲げている状態なのに、どうしたらいいんだろう。いきなり難題を突きつけられてしまった。

「わかったわ。力になれるかどうかわからないけど、やってみる」

「お願いします」

小早川さんは頭を下げると、すぐさまどこかへ行ってしまった。

「鏑木、ちょっと」

背後から声をかけられたので、振り返ると西大寺がいた。

思わず表情がこわばる。

「どうしたの？」

「ちょっと話がある」

「時間がかかること？　手短に言ってもらえるとありがたいんだけど」

どうしてこんなにつっけんどんになるのか自分でもわからない。

「いや、あの、吹部のことで」

しどろもどろになりながら、なにかを言おうとした矢先のこと。

「西大寺く──ん、ちょっと来てぇー」

カモティが飛びきりの明るい声で呼びかける。

「先生が呼んでるよ」

そう言うと、みずから背中を向けてしまった。なぜそんな態度をしたのか自分自身、よくわからない。もう一度、振り返って西大寺の表情を確認する勇気もなかった。

嫌われちゃったかもしれないな。

別に好きとかそういう気持ちがあるわけじゃないんだけど、なんとなく息苦しくなって深呼吸した。

この二週間、ミタセンは一度たりともマーチングの指導に姿をみせない。とはいうものの、双眼鏡での偵察はあいかわらずである。

二日に一度、一時間半だけのパレード練習の密度は濃く、雰囲気も明るかった。マーチングの指導では、ちょっとした隊列の乱れも許さないカモティだったが、パレードの際は一切口をださない。振りつけにしろ、音楽にしろ、誰にも教えられることはなく、生徒たち自身で考え、決めなくてはならなかった。

「ここの足を上げるとこ、一回ひざを折ってから伸ばす感じにしたほうがいいんじゃない？」

「サビに入る前に、金管は回転しようよ。右半分は右まわり、左半分は左まわりで」

「それ、面白いじゃん」

「このフレーズの金管のベルアップは斜め四十五度くらいで統一」

「フルートは吹いてないとき右手に持ち替えて、うなずきながら指揮する感じで」

自主性の尊重は部員のやる気を最大限に刺激した。振りつけの細部にもさまざまな意見が飛び交い、微調整がおこなわれる。

合奏は前日のみ。

合うかどうか不安視されていたのだが、二、三年生や楽器経験のある一年生が完璧《かんぺき》に仕上げてきていたこともあり、ひとさまに聴いてもらって恥ずかしくないくらいにはなっていた。

「タ、タンタタタンタタはスタッカートをしっかりだよね」

「主旋律の金管、もっとがんばって」

「ホルンのンパンパ、メリハリつけよう」

各パートのリーダーが細かい修正を繰り返す。

カモティは微笑を浮かべながら、ただながめているだけだった。


当日は多摩センター駅前に集合した。

「では、はっぴを配りますので受け取ってください。すべて大磯先輩のお手製です」

小早川さんはあいかわらずハキハキとした物言いでみんなをまとめていく。

「すごーい。カワイイ。ホントに先輩がひとりで作ったんですか？」

一年生のなかでもとびきり明るい、シンバル担当の曽根宇羅さんが声をかける。

「えっ、うん、まあ、そうだけど。似合うかな？」

「最高です。気合い入ります。メッチャ感謝です」

相談を受けたのが二週間前だったので、本格的な衣装の製作は間に合わず、おそろいのはっぴをはおることにしたのだという。浅川高校のスクールカラーである薄いブルーを基調に市松模様をあしらい、背中には星空のなかに「ASAKAWA HIGH S

CHOOL」の文字が鮮やか。カラーガードの使うフラッグのほうはというと、やはり星空のなかに、なにやらアニメのキャラが散らばっている。

「渚って、こんなこともできるんだ。手先が器用なのは知ってたけど、さすがにビックりしちゃった」

「えと、あの、ホントは帽子も作りたかったんだけど、予算も時間もなくてね」

「お星さまの色も絶妙だね」

「あの、わかってくれた？　あれは銀河をイメージしているの。マキロンBのセカンドステージに出て来るんだけど、闇の帝国の支配者ルシファーがやっつけられたあとの世界でね……」

あいかわらずアニオタ全開のトークを続ける。

「鏑木さーん」

わたしを呼ぶ声が耳に届いたので振り返ると、辰吉さんが手を振っていた。

「遅くなってゴメン。頼まれてたマーチングマルチタムとマーチングシロフォンを持ってきたよ」

背後には辰吉さんの経営するお店のスタッフの方々がいて、楽器の調整を行ってくれている。

「本当にすみません。助かります」

「いやいや、ボクたちの催しに彩りを添えてくれるんだから、こちらこそ感謝してるんだよ。年季の入った楽器ばかりでかえって悪いかもしれないけど」

「とんでもないです」

「で、この前、言ってたマーチング好きの先生って、あそこに立ってるジャージの女性かな？」

「ええ、そうなんです」

「ちょっとあいさつしてくるね」

そう言い残すと、辰吉さんはカモティのところへ行き、数分にわたってにこやかに歓談。ふたたびわたしのところへ戻ってきて、耳元でこうささやく。

「ありゃ、三田村先生とは合わないかもね。いいひとなんだろうけど、とにかく気が強そうだし……」

そう言ってペロッと舌をだす。

「なんとか、折り合いをつけてくれればいいんですけど」

「あとで三田村先生にも電話入れとくわ。鏑木さんもふたりの間にはさまれて大変だと思うけど、がんばって。ボクは実行委員の仕事があるから失礼するね。じゃあ」

辰吉さんと別れて間もなく、小早川さんの号令がかかる。

「集合」

彼女の前に全員が集まると、

「一年生で高音に自信のないひとは、そこだけ吹きまねしてくれればいいから」

楽器を触りはじめてまだ日の浅い生徒に向けアドバイス。

「気をつけなくてはならないのは楽器の角度。つねに周囲のひとを見ながら自分だけずれていないかどうか確認すること。あと姿勢。マーチングの練習でやった正しい姿勢を忘れずに」

あくまでもマーチングのための訓練の一環であることを強調する。

続けて、

「各パートの最前列の生徒は少し早めに動くから、振りつけを忘れたひとは同じ動きができるよう、よく見ていてね」

「はい」

部員たちの返事がひとつになった。

「じゃあ、出発地点に向かいます」

カモティはひとことも発しなかった。

小早川さんの統率力は卓越していた。まぶしいくらい、りりしかった。

終わってみると、浅高吹部のパレードは大成功だった。

演奏が完璧だったわけではなく、振りつけを覚え切れていない部員も続出。しかし、それらの小さなミスなど帳消しにするほどのパワーと明るさをふりまくことができていた。

パーカッションの一年生、曽根宇羅さんが、シンバルの重みに耐えかね、腕にけいれんを起こしたのはご愛敬《あいきょう》。

沿道の声援は温かく、多くの保護者も駆けつけた。見知らぬひとからスマホで撮影されることは、部員たちの自尊心を刺激するのか、よりいっそうパフォーマンスが派手になっていく。

小さい子どもからお年寄りまで幅広いひとたちが声援を送ってくれた。生徒らは楽器演奏の合間に手を振ってこたえる。

みんなの表情を見ながら、あらためて思った。

人前で演奏するってこんなに楽しいことなんだ。拍手をもらうって、こんなに勇気づけられるんだ。

もちろん吹部の仲間が盛り上がっているのを見るのは喜ばしいことではある。

その一方、心からうれしいとは思えず、寂《さみ》しいような、そして悔しいような、自分でも理解できない感情の渦がわき起こるのを押しとどめられなかった。

日曜日のパレードが終わると、吹部の雰囲気はガラッと変わった。とりわけ、二日に一度、一時間半だけ行われるカモティのステップ練習を楽しみにする生徒が増えてきたようだった。

「ね、ね、鏑木さん、わたしの言った通りでしょ。音楽を奏でながら、からだを動かすのがどんなに楽しいことなのか、みんなわかってきたのよ。まかせておいて。まだまだいま以上に楽しくなるから。もっともっとみんなの笑顔を引き出す自信があるの」

カモティは手ごたえを感じているらしく、満面の笑みで話しかけてくる。

一方のミタセンは虫の居所の悪い日が続く。

「鏑木さん、何回も言ったでしょ。個人練習のとき、マーチングの曲をやっちゃダメって」

放課後の練習ではコンクールの曲に取り組むよう、音楽準備室のホワイトボードにも書きしるしていた。しかし、マーチングにのめり込むパーカッションや一部の金管の生徒は、指示を無視して行進曲に熱中していた。

天才的な聴覚を持つミタセンは、音楽準備室にいながらにして、吹部のどの部員がどれくらいの時間、マーチングの曲に取り組んでいるのかを洩れ伝わる音から正確に把握していたのだ。

わたしも何度か座奏のコンクール曲重視の方針を各パートリーダーへ伝えたのだが、「そんなこと言われても、初心者の一年生からマーチングの曲の吹き方を聞かれたら、教えないわけにはいかないでしょ」

とサックスパートから反論されるなど、素直には納得してもらえない。

ミタセンの機嫌はますます悪くなる。

「ボク、吹部の顧問やめるよ」

ある日の放課後、音楽準備室で会うなり、ミタセンは言った。

「もう決めたんだ」

もちろん本気でないことは明らかだ。

その顔には「引き留めてください」と書いてある。

「先生、そんなこと言わないで」

「残念だけど、そろそろ潮時だと思うんだ」

「先生がいなくなったら浅川高校の吹奏楽部は終わりです」

「いやー、嘉門先生もいるし……」

「音楽面で先生を超える指導ができるひとなんているわけありません」

「そうかなー」

ミタセンはうれしさを必死に隠しながら、わざと難しい表情を作っている。心のなかで、「もっと言って、もっと」と叫んでいるのが聞こえてくる。

だいたい部活もののドラマなんかでは、部長がやめたいと言って、顧問がなんかカッコイイこと言って、引き留めるっつーのがセオリーでしょうが。やめてーのはこっちなんだよ。

こう叫びたかったが我慢する。

またある日はこんな依頼を持ちかけてきた。

「鏑木さん、明日はマーチングの練習がある日だよね」

「はい、入ってますけど」

「明後日《あさって》と入れ替えてもらうよう嘉門先生に頼んでみてよ」

「いいですけど、どうしてですか？」

「ちょうど、台風が直撃するらしいんだ。ずぶ濡《ぬ》れになったら、みんなマーチングが嫌いになるんじゃないかな」

「かんべんしてください」

昼休みに音楽準備室をのぞくと、見慣れない食用のサラダ油が置かれていたこともあった。

「先生、なんのためにサラダオイルがあるんですか？」

「うーん、それは言えないな」

「こんなところで料理するわけないですし」

「鏑木さん、口固いよね。絶対言わないね。じゃあヒントだけ教えてあげる。バナナの皮とおんなじ」

「はあ？」

「すってんころりん。あっ、これ以上は言えないな。口が裂けても言えないな」

めずらしく機嫌がいい。

わけのわからないまま、音楽準備室をでたのだが、ふと、イヤな予感がした。

まさか。

あわてて体育館脇にあるコンクリートの狭いスペースに駆けつけてみると、校舎の陰になっている暗がりのところが妙に光っている。

そのときは真帆に手伝ってもらって、ステップ練習がはじまるまでに、撒《ま》かれた油を必死になって洗い流した。

さらにこんなことも。

パーカッションの一年生が困った顔をして話しかけてきた。

「鏑木部長、学校の備品のマーチングスネアドラム、どこへ行ったか知りませんか？」

「どこに置いてたの？」

「たしか、倉庫のこのあたりにしまったはずなんですけど。家に持って帰って練習しようと思ったら、見当たらなくて」

「おかしいわね」

ふと、昨日、ミタセンが倉庫でごそごそしていたことを思い出す。そういえば何度も音楽室のすみのほうと行ったり来たりしていたではないか。

「ちょっと待ってて」

音楽室の分厚い吸音カーテンの裏を見ると、やっぱり。スネアが隠してあった。

「ゴメンゴメン。大掃除するのに、こっちまで持ってきたみたいだわ」

「大掃除って、まだ、ほこりだらけなんですけど」

「うんうん、これからやろうと思ってたの。ゴメンね」

仲良し四人組で集まった際、さすがに愚痴ってしまった。

「ミタセンのわがままの度合いは日に日にひどくなっていくし、さすがにちょっと疲れてきちゃった。『わたしはあなたの保護者ですか』って感じ」

「ああ見えて敏感なひとやから、パーカッションや金管の一部がマーチングにのめり込んでいくのがイヤなんやろうね」

「この前なんか妄想がひどくなって、『吹奏楽部を嘉門先生に乗っ取られちゃう』とか言い出す始末なの」

「マーチングもいまはステップの基礎ばっかやってるからいいけど、本格的に演奏と合わせる段になると、音楽的なレベルアップは必要だから、どっちにしてもミタセンの力がいるんだけどね」

「カモティはカモティで、変に自信をつけたもんやから、よけいにややこしくなったんやわ」

わたしと真帆、そして奏の三人はとめどもなく話し続けた。ひとり寡黙だった渚が突然、口をひらく。

「あの、あの、わたし、どうしてもみんなに言っておきたいことがあるの」

思わず三人は口をつぐむ。

「みんなが去年からの目標である吹奏楽コンクールの全国大会出場に向かっていろいろがんばってるのはわかってるのよ。でも、わたしは命がけでマーチングをやりたいっていう気持ちが抑えきれなくなってきた。えと、えと。うまく言えないんだけど、マーチングの魅力に取りつかれたっていうか……。コンテストの曲構成やステップ、衣装のことなんか考えると、いてもたってもいられなくなる。うーん、ミタセンとカモティの間で苦しんでる沙耶のことは、本当に大変だと思ってるんだけど、正直なところ、そこまで気がまわらない。わたし、わたし、マーチング、やりたい。ごめんなさい。うらぎってごめんなさい」

そう言い残すと、渚はかけだしてしまった。

気まずい沈黙だけが教室内に残された。

四

風呂《ふろ》から上がるとスマホが点滅している。

イヤな予感。そもそもオレにメッセージを送ってくる友だちなど八幡ぐらいしかいない。

バスタオルを肩にかけ、ベッドの上から携帯を拾いあげるとLINEの未読が二十件になっていた。

そのうち十九件はカモティ、残りのひとつは小早川からである。

スマホで文章を打つのは得意じゃない。LINEだって、カモティにしつこくたずねられ、しかたなくIDを教えた。使い方もよくわかっておらず、知らぬ間に小早川ともつながっていた。

カモティの書き込みを開くと、

〈校長と直談判《じかだんぱん》して、二十万円の予算をまわしてもらえることになったの。最初に買わなきゃいけないものってなんなのか考えてみて〉

〈マーチングコンテストの曲構成なんだけど、やっぱりメジャー系のポップスも入れたほうがいいと思うんだよね。カーペンターズとかクイーンとか。なんかいい曲、ないかしら〉

〈曲が固まったら、三田村先生に演奏の指導してもらいたいんだけど、難しいかな。まだダメそうだったら、しばらくの間、西大寺くんに音楽面でもサポートしてもらいたいの。大丈夫でしょ？〉

〈ピンフィールで四人そろって回転するとき、きれいな半円になってなかったの。言うの忘れてたわ。次の練習で指摘するつもり。西大寺くんも覚えといてね〉

〈さっき、コンビニで買ったジェラートなんだけど、これ、当たりだわ〉

などと、ほとんどは部活に関することなのだが、なかには、
写真つきでの感想が述べられていたり、

〈今週の日曜日は秩父《ちちぶ》の三十四ヶ所霊場めぐりへ行って来ます〉

と報告されることもあれば、

〈上の階の家族、子どもの走る音でドタバタうるさいの。九時すぎてもとまらなかったら、苦情を言いに行ってもいいよね？〉

〈冷蔵庫の裏にゴキブリがいます。それも羽の茶色いやつ。どうしよう？〉

というような相談業務も含まれていた。

今日の部活でも、のべつ幕なしに話しかけられ、ようやく静かになったと思っていたのに、家に帰ってからも面倒をみなきゃなんないのかよ。だいたいマーチングの役職に就かされるなんて、聞かされてもいなかったじゃねえか。

心のなかで叫んでしまう。

どこから返事をしていいのやら見当もつかないので、とりあえずベッドに倒れ込む。

ＬＩＮＥは読んだことが相手にわかってしまうから面倒だ。

ほどなく、

〈ねえ、どう思う？〉

〈読んだんでしょ。考えてよ〉

〈西大寺くん、スマホ持ったまま寝ちゃったの？〉

〈わたしは一時くらいまで起きてるから、まだまだ大丈夫。今日中に返事くださいね〉

立て続けに投稿があった。

ウザい。ウザすぎる。ほかにすることがないんだろうか。

カモティの私生活は謎めいている。

八幡によると、

「まず年齢がわかんねえ。車で通学してるもんだから、どこに住んでるかもわかんねーんだって。結婚？　どうなんだろ。あの性格で一緒に住めるひと、いるのかな。とにかく学校の事情に一番くわしい副島奏だって知らないっつーんだからさ」

ここ数日のＬＩＮＥの書き込みっぷりを見ていると、ひとり暮らしである線が濃厚だ。

八幡の言うように年齢は不詳。スリムな体形で、顔立ちも整っている。化粧っけはなく、ソバカスだらけの顔は日に焼けていて浅黒い。健康的過ぎて逆に世代の特定が困難なのである。

マーチングの指導に関してはとても細かい。生徒に対し、一糸乱れぬ動きをとことんまで要求する。

ただし私生活まで几帳面《きちょうめん》かというと、けっしてそうとは言い切れない。体育教官室の机のまわりはミタセン並みに散らかっているし、いつも同じジャージを着ていて、よく見てみると、醤油《しょうゆ》のシミとかもついている。財布に穴が開いていていつも小銭が鞄《かばん》のなかにまき散らされているとか、笑うと奥歯が何本か欠落しているなど、残念な部分も少なくない。

そもそも音楽経験がないのに、どうしてここまでマーチングにのめり込むんだろう。その理由もわからない。

小早川からのＬＩＮＥは明日の段取りについての報告だった。

実を言うと、去年の秋のことだが、小早川からコクられたことがある。

本人から図書室の裏手へ呼び出された。なんのことだかまったく見当もつかないまま行ってみると、

「西大寺先輩、いまつき合っているひとといるんですか？」

と問いただされた。

「いや、そんな相手はいないいんだけど……」

「好きなひととかは？」

「うーん、考えたことねえな」

「じゃあ、わたしとつき合ってください」

オレの目を真っ直ぐに見つめて言うもんだから、本当にたまげた。

そりゃあ、これまで人づてだったり、手紙なんかで告白されたことがないわけではない。でも、そういうのは穏便に断る方法っていうのがあるもんだ。こんなふうにド直球を投げ込まれたのは初めてだった。

「えと、うーん、そうだな」

必死になって言葉を探していると、

「わかりました。じゃあいいです」

小早川は深々と礼をすると、あっと言う間に去って行った。こっちは返事もしてないのに……。

とにかくせっかちなひとだ。やることなすことストレートすぎる。

この一件があったあとも、小早川のオレに対する態度はみじんも変わらなかった。なにを考えているんだかまったくわからない。あまりにも以前と変わりなく接してくるもんだから、コクられたことすら現実ではなかったのかもしれないと感じている今日この頃なのである。

小早川には〈了解しました〉とだけ打っておく。

どっと疲れが押し寄せてきた。

おっと、とにかくカモティへも返事を送らなきゃ。放っておくと、よけいにややこしいことになってしまう。

〈いろいろありがとうございます。すべて明日お答えします。おやすみなさい〉

これだけ書き込むのにずいぶん時間がかかってしまった。

すぐさまスマホの電源を落とす。

万が一、電話がかかってきた日には、夢にまで出て来そうな気がして怖かった。

次の日の昼休みのこと。

廊下を歩いていると、

「こんにちは」

下級生の部員たちから声をかけられた。

「おう」

吹奏楽部は部員数が多いので、校内のあちこちで後輩と出くわすことになる。

ただ、このときばかりはすれ違いざま、おもわず振り返ってしまった。

彼女らの歩き方がすでにマーチングそのものになっていたのである。下を向かず、体も揺らさず、足はかかとから地面につけ、つま先のほうへ柔らかく体重移動。しかも歩く際の両足の距離が常に一定なのだ。

マーチングのコンテストでは五メートルを八歩で歩く。一歩あたりに換算すると六十二・五センチ。部員たちは、ボクサーが一ラウンド三分間をからだで覚えるように、この歩幅を体得しなくてはならない。

日曜日の「多摩センターわっしょい祭り」以降、吹部の生徒たちはカモティのマーチング熱に感染してしまい、二十四時間マーチング態勢になってしまったのだ。

廊下で行われているのはフォワード・マーチ、いわゆる前進だけではない。仲間うちでふつうに語らい合って歩きながらも、ごく自然にアバウト・フェイス。両足のつま先で百八十度回転するやつもいる。しかも、そのままリア・マーチ、つまりうしろ向きのまま歩くつわものも出て来た。

廊下を突き当たり、階段の間際になると、誰もがライト・マーク・タイム・ピボットを使い、三十度ずつ三歩で九十度回転。部員たちにとって、日常の歩行がすべてマーチングと化してしまっているのだ。

歩き方だけではない。

日ごろの会話もマーチング関連の話題で持ちきりである。

屋外での活動が増えることを予想してか、女子部員のあいだでは、どの日焼け止めが一番効き目があるのか議論が巻き起こっているようだった。

「足が細くなるかと思ったら、太くなっちゃったー」

「でもウエストは細くなったよね」

「そうそう、カロリー使うから全体的にはやせたかも」

マーチングではふとももを高く上げることを要求されるので、想像以上に体力を消耗する。どうもシェイプアップ効果もあるようだ。

もともと吹部では早弁して、昼休みに数十分でも楽器をいじるのが習わしだったが、この時間を利用して、四人が横一列にならび、時計の針のように回転するピンフィールの練習をする部員も増えてきた。

カモティ恐るべし。彼女の放つ熱が部員たちに伝播《でんぱ》していく。

ふだんの行動でもダッシュするのが当たり前になったり、下級生の声がやたらでかくなったりと、体育会のノリはいっそう強まってきている。

かくいうオレだって影響を受けていないわけではない。

道を歩いていて、横断歩道などの線を見かけると、歩幅を意識して素直に歩けなくなってしまった。

朝礼で運動場に並ぶとき、列が乱れていると、

「おい、真っ直ぐ整列しろよ」

と注意してしまい、自分で驚くこともあった。規律のない集団に我慢できなくなっていたのである。

カモティの影響に部員たちがなびいていく一方、部員たちのマーチング熱にもっとも反感を抱いているのは言うまでもなくミタセンである。

先日、職員室前ですれ違った際、

「お疲れさまです」

と声をかけたのだが、プイと横を向いてガン無視されてしまった。

気のせいかと思っていたのだが、その次に廊下で出くわしたときには、近寄ってきて、

「どうして、マーチング派になっちゃったの？」

と耳元でささやかれた。

よくわからないけど、オレに対して怒っているようなのだ。

気分がいいはずないので、放課後になって音楽準備室へ押しかけた。

「ちょっと、西大寺くん、見てごらん」

オレの顔を見るやいなや、窓際に立っていたミタセンが憎々しげに言うので、一緒になって校庭を見下ろす。運動場の端っこで吹部の一年生部員四人がマーチングの練習にいそしんでいるのが目に入ってきた。

「吹奏楽部なのに、どうして足上げばかりさせてるのよ？　バレリーナにでもするつもりなの？」

いきなり回答不能な問いを投げかけられる。

「どんな競技でも基礎が大事だと思うので……」

「ちょっと待って。ボクたちは吹奏楽をやってるのよ。なのに、あの子たち、楽器を持ったふりして歩いてるだけじゃない」

「あれはセット・アップといって……」

「そんなこと知ってる。音が聴こえてこないっておかしくないかって言ってるの。ボクたちは音楽をやってんだよ」

真顔で怒られても困ってしまう。

「マーチングってひとりのミスは全員のミスってとこあるじゃん。なんか、ああいうのもヤダね」

「でも、それって演奏でも同じじゃないんですか？」

すかさず反論すると、

「まあそうだけど」

話の腰を折られたことについての不満を隠さない。

「だいたい、マーチングコンテストの規定って堅すぎるんだよね。ピットもダメだし、バトンも投げられない。どうせやるんなら、中国雑技団《ざつぎだん》みたいに派手なやつにすりゃあいいのに」

競技のルールそのものについての文句もはじまった。

「百八十度のターンを入れなきゃダメとか、マーク・タイムを連続三十二歩間とか、ばからしいと思わない？　ひとりが右向くと全員右。池にいる鴨じゃあるまいし、もっと自由に動かせばいいのに。どっかの国のマスゲームみたい」

さらに、

「あれでピンフィールをやってるつもりなのかな。左右の間隔がバラバラじゃない」

と続く。

聞いていて驚いたことがある。

ミタセンはマーチングが大嫌いだと言っていた。しかし、やたらコンテストの規定や競技の内容に詳しいのである。

「先生、マーチングをやったこと、あるんですか？」

思わず、聞いてみると、

「まさか。座って演奏したって難しいのに、どうしてわざわざ歩いたりしなきゃダメなのよ。あんなのは邪道。音楽を冒瀆《ぼうとく》する競技なの。ボクは認めません。ホントに認めないんだから」

色をなして反論してくるものの、なんとなく釈然としない。

「とにかく、座奏の吹奏楽コンクールがもっとも大切なの。なのに、全然仕上がってきてないでしょ。こんな状態じゃ合奏なんかできないよ。西大寺くんも吹部の部員がマーチングなんかにうつつを抜かさないよう、ちゃんと活動してくれなきゃ困るの」

「でも、マーコンにも出場するわけですから、同時並行でやっていくしかないんじゃ……」

「あれもこれもやっていては共倒れ。どうしてわかんないかな。コンクールはそんな甘いもんじゃないよ。両取りできるのは、部員が二百人を超えるような常連校だけ。ボクらみたいな新興の学校は絞れるところを絞らなきゃ。わかってるの、西大寺くん。だいたいどうしてマーチングリーダーなんか引き受けちゃったの？　いまからでもいいから断りに行きなさいよ」

　ミタセンはあくまでもオレのことを責めるばかり。

　一方的に詰められるので、心の底から来なきゃよかったと思っていると、音楽準備室のドアをノックする音が聞こえてきた。

「失礼します」

　うつむき加減のまま入ってきたのは鏑木沙耶だった。

　オレの顔を見てもまるで無反応。心ここにあらずといった感じのままミタセンにちかづき、

「お話し中のところ、すみません。嘉門先生からのことづけがあってきたんですけれども……」

　あいかわらず、ふたりの間を振り子のように行ったり来たりしているらしい。

「なんなの？　手短に言ってちょうだい。忙しくてマーチングのことなんか考えるひまないんだから」

「マーチングコンテストのほうもそろそろ曲が固まりつつあるみたいなので、そちらの合奏にも時間を割いてほしいって言ってます」

「だめだめ。吹奏楽コンクールの予選のほうが先にあるんだよ。こっちだってまだちゃんと合奏してないんだから」

「三田村先生にマーチングの音楽の指導もお願いしたいと……」

「それは考えとく」

「あと、来週の日曜日、高尾《たかお》にある特別養護老人ホームへ慰問に行くとかで……」

「なんだって？　そんなの聞いてないよ」

「まだ本決まりではなくって、『三田村先生の許可をもらってからだ』って言ってました。校長のOKはでているとか……」

「またしても校長の名前をだしてくるのね、まったく」

ミタセンはひとりで愚痴りはじめた。断りたいのだろうけど、福祉施設でのボランティア演奏となると表立って反対もできないらしく、より一層イライラしている様子なのである。

さりげなく沙耶の表情をうかがってみると能面のようで、明らかに顔色が悪い。ふたりの顧問の意地の張り合いに巻き込まれ、衰弱してきているようなのだ。

オレも沙耶のために少しは加勢しようと、

「あの、三田村先生、マーチングと座奏との両立のことなんですけど……」

と言いかけたのだが、

「そうそう、ふたりに言っておかなきゃなんないことがあるんだ」

まるで聞く耳など持つ様子もなく、ミタセンは話しはじめる。

「吹奏楽コンクールの参加メンバーを決めるオーディション、再来週の月曜日にやるからみんなに言っといて」

マーチングコンテストは大会規定により人数がドラムメジャーをのぞいて八十人までと制限されている。浅高の吹部は七十三人なので数の上では全員参加が可能だ。一方、座奏の吹奏楽コンクールは五十五人までしかでられない。部員数の少なかった去年は全員、舞台に上がれたのだが、今年はミタセンがコンクールメンバーを選抜するのだという。

「どういう風に選ぶんですか？」

沙耶がたずねると、

「そりゃ、マーチング派のヤツから落とすよ。ボクに刃向かうものは許さない」

「先生、いい加減にしてください」

オレと沙耶は同時に同じ言葉を叫んでしまった。

「いや冗談、冗談。さすがにそれをしちゃったらパーカッションがいなくなっちゃうもんね。メンバーは音楽的な要素だけで決める。曲は課題曲V。自分のパートはどこでもできるようにしておくよう伝えといてね」

吹奏楽コンクールの課題曲は五つのなかから各校が好きなものを選ぶことになっている。浅高吹部はミタセンの独断により課題曲Vを選択した。チラッとスコアを見たが、不協和音や変拍子がてんこ盛りの難曲だ。

ミタセンは、オーディション開催で吹部の主導権を握ったとでも思っているのか、不敵な笑みを浮かべていた。

実際、これまでマーチングの楽しさに目覚めつつあった部員たちも、座奏のコンクールのための選抜試験が行われるという報を聞くや、課題曲の練習一辺倒となった。

「とにかく木管が難しすぎだよね。クラとか音符細かいし」

「いやいやトロンボーンの高音もきついよ」

「なによりもパーカッションが地獄すぎる。なんなの、これ？」

課題曲Ⅴを選んだミタセンへの文句を口にしつつも、そんなことでへこたれるような部員はおらず、むしろやる気をかき立てられているようだった。

そんななか、オレが気になったのは同じクラスの大磯渚である。

これまでは休み時間になるとその姿を見かけることはなかった。沙耶や清水真帆といった吹部の仲良し連中のところへ行って時間をつぶしていたのだ。

ところが、このところ、自分の教室から出て行くことはなく、ひたすらノートに向かってなにやら書き付けている。

いったい、なにをやってんだろ？

気になって、机の横を通り過ぎる際、さりげなくのぞいてみると、デザイン画だった。おそらくマーコンで使うユニフォームの素案なのだろう。はっきりと見たわけじゃないけど、プロ顔負けの描きっぷりであるように感じた。

あるときは、ひたすらレポート用紙に文字を書き連ねていた。

またしても、チラ見してみると、

〈地球に降り注ぐ火の玉　↓　ハルマゲドン〉

〈人類は滅亡するのか？　救世主、どうする？〉

と書いてある。

きっとマーチングの自由曲を構成するにあたっての、バックストーリーを考えているのだろう。

もしオレがマーチングリーダーに選ばれていなければ、大磯渚のことをただ単に危ないやつだと認定していたに違いない。

そういや、ちょっと前のことだけど、

「あの、あの、西大寺くんって音大めざしてるんだよね。あのね、わたしも、わたしも美大を受けようと思ってるんだ。おたがい少数派だけどがんばろうね」

と珍しく向こうから声をかけてきたこともあったっけ。

クリエーター志向もあるからか、自分の持てるすべてのエネルギーをマーチングに捧《ささ》げていると言っても言いすぎではないほどの情熱の注ぎようである。

オーディションを控え、大半の吹部部員が座奏に力を入れはじめたものの、二日に一度のステップ練習は続いていた。

カモティのスパルタ特訓の甲斐《かい》もあって、複雑なコンビネーションもかなりスムーズにできるようになってきた。

「えー、今日からはここ第二音楽室で楽器を持ってのマーチングに取り組みます。じゃあ、いきますね。レディ・セット。そう。実際に構えるとき、楽器ごとの位置や角度を統一するように気をつけること。あなたもうちょっと斜めに。肩の力を抜いて」

カモティはひとり一人順番にまわって姿勢を正していく。

「からだの面が見えるようにね。腕は柔らかく下ろして。そう。きれいよ」

厳しい練習なのだが、できている生徒に対してはしっかりとほめるので、脱落者がでることなく順調に上達するのだろう。

「そう。じゃあ、次、レディ・トゥーという合図とともに楽器を気をつけの姿勢に戻してください。いきますよ。レディ・トゥー。フルートやクラリネットはからだの前で真っ直ぐ縦に持つんだけど、その際、注意しておかなくてはならないのは、やっぱり各楽器ごとに高さをそろえること。しっかりそろえてね。あと、楽器がからだから離れすぎないようにね。そう、美しくできてます」

カモティはとりわけ集団の統一美にこだわる。美しくそろっていると機嫌がよくなり、バラバラだとイライラする。部員たちも合わせることによる華やかさの表現が身についてきた。

「はい、じゃあ、レディ・セット。今度は音をだしながらマーク・タイムね。いつもやってるスケール・トレーニングで。一、二、三、はい」

カモティ自身も成果を実感できているらしく、その表情は明るい。

「みんなホント、うまくなったわよ。すごいすごい。座奏だとソロ以外は間違っても犯人がわからない。でもマーチングは誰が失敗したんだか一目瞭然《りょうぜん》なの。お客さんにバレちゃうんだから、繰り返し練習してからだで覚えてしまうこと。いいね」

「はい！」

「オーディションもちかづいていることだし、今日はここまで。健闘を祈るわよ。じゃあ」

部内の雰囲気をつかんでいるらしく、この一週間はマーチング練習を控えめにしておくつもりのようだ。

やっぱり心配なのは沙耶である。

部室で遠目に姿を見るも、とにかく生気が感じられない。

沙耶の奏でるチューバはすぐに聞き分けられるんだけど、その音にもなんだかパワーが乗っていない。

なんとか勇気づけることはできないものだろうか。

とはいうものの、なかなかこちらから話しかけるチャンスもない。

部長っていうのはそれなりに忙しい。今年の浅高は一年生が多く、初心者も少なくない。順調に伸びている生徒もいれば、壁にぶち当たって、突然、部に姿をあらわさなくなる部員だっている。各パートリーダーからは、それなりにいろいろな相談を受けているようだ。沙耶自身、チューバパートをまとめる立場でもある。

いつも誰かがそばにいて話しかけられないじゃん。

注意深くタイミングを見計らっていたところ、オーディションの前々日である土曜日になって、ひとりでチューバを吹いている沙耶を見かけた。

課題曲Vにはチューバのソロパートがある。暗い雰囲気をたたえた独特のメロディで、簡単に吹きこなせるフレーズではない。必死になって練習しているところを中断させては申しわけないと思いつつ、意を決して教室に入った。

「一生懸命練習してるとこ、わりぃな。ちょっと相談があるんだ」

「うん、なあに」

沙耶はマウスピースから口をはずすと、真っ直ぐオレの目を見た。

表情は穏やかで、中断させられたことを怒ってはいないようである。

「オーディションなんだけど、木管がかなり遅れてんだ。二年ですら全然吹けてないやつもいる。フルートとかは恵那ががんばって教えてるんだけど、みんな自信をなくしてるみたいで……」

「ふーん、そうなんだ。どのパートも難しいから、あちこちから悲鳴が聞こえてくるわ。で、木管の場合、なにか対策でもあるの？」

沙耶は心配そうに聞いてくる。

「いや、対策ってわけじゃないけど、オレも一年生とかに積極的に教えてもいいのかなと思って。音大受験があるから、部の活動はあんまり手伝えないって言ってはいたんだけど、やっぱりなにかできることないかなって気持ちになってきてさ。もちろんオーボエの子たちにはいろいろアドバイスしてるんだけど、ほかのパートの譜面も、どこが難しいのかだいたい把握できてるし……」

しどろもどろになりながらも、用件を伝えた。

最初、沙耶はうれしそうな表情をたたえ、うなずきながら聞いていた。しかし話の途中で顔色が曇りはじめる。

あれっ、と思いながらも話し続けるうち、沙耶の視線がオレの背後に向けられていることに気づいた。

「アクセント、スタッカート、クレッシェンド、この曲の場合、簡単なことが実は難しいんだ。厳密に譜面を読んで、それをみんなでちゃんと共有しないとダメだと思う……」

話しながらゆっくり振り向くと、真うしろに小早川聡美の顔があって、

「うわっ」

思わず声をあげてしまう。

沙耶はきわめて冷静に、

「小早川さん、どうしたの？」と問いかけた。

「いえ、お話が終わってからで結構です。外部の先生にお願いしていたマーチングの編曲のスコアが上がってきたので、西大寺先輩に渡そうと思って」

「こっちはだいたい話が聞けたから大丈夫よ。西大寺が座奏の木管も指導してくれるって言うの。じゃあ、お願いね」

そう言うと、チューバを抱えて教室のすみのほうへと移動してしまう。またしても伝えたいことが話せないままに終わってしまった。


翌週の月曜日、吹部の部員たちはみな、浮き足立っていた。

昼休みになると、誰しもが部室や音楽室に集まり、楽器に息を入れる。いつものような快活なやりとりは聞こえてこない。

「やばい、やばい。どうしよう」

「どうしてこんなに超絶むずいのよ」

耳に届くのは泣き言ばかりで、初心者の一年生にいたっては本当に泣きそうな表情を浮かべるやつも。単純計算で十八人は落とされる。そもそも五十五人を選ぶのかどうかすら定かではない。

放課後になると全部員が第二音楽室に集まった。

「えーと、今からパートごとにオーディションを行います」

沙耶が口を切る。

「順番はくじ引きで決めてあります。三田村先生は背中を向けたまま審査をするので、誰が演奏しているのかわかりません」

教室内が一瞬、ざわついた。

続いてミタセンが補足する。

「楽譜は持ってきても構わないよ。どこから吹くかは、ボクの指示に従うこと。学年とか関係なく音だけで判定するから恨みっこなしね」

まずはフルートからミタセンの待つ音楽準備室へ。沙耶と副部長の清水真帆が審査のサポートをするらしく、一緒に入っていった。

残ったみんなは楽譜に食らいついてはいるものの、心ここにあらずといった体《てい》である。

やがてフルートを持った部員たちが出て来て、クラリネットと入れ替わる。

オーディションを終えたばかりの恵那の周囲に二年生が集まった。彼女は一年生のときに長期間入院し、戻ってきてからフルートに転じているので、緊張もひとしおだったろう。

「どうだった？」

「怖くて手が震えちゃった。まあまあできたとは思うんだけど、自信があるかと言われればどうかしら」

クラリネットは人数が多いにもかかわらず、あっと言う間に終わった。

続いてオーボエ、ファゴットなどのダブルリードが呼ばれたので、オレもなかへ入る。

壁に向かって座っているミタセンの背後に椅子がひとつ置かれていた。

「オーボエの一番からです」

沙耶が声をかけ、オレは椅子に座った。

「練習番号七から八にかけてやってみて。ファーストのほうで」

ミタセンが指示をだす。ソロが入っている部分だったので、楽譜に目をやるまでもなく、さっそく息を吹き込むと、すぐさま、

「はい、ＯＫ。次のひと」

一瞬で終わってしまった。まあ、姿を見なくても誰が吹いているかなんて、最初の音を聞いただけでわかってしまうような聴覚の持ち主だけに、驚きはない。

オレたちダブルリードもすぐに終わった。

ほとんどのパートは入ってほどなく音楽準備室から出て来るのだが、サックスだけは長かった。ミタセンも決めかねているらしい。

楽器に触れることすら初めてという一年生が多いなか、サックスだけは経験者、それも本格的な演奏力をともなった新入生がたくさんいた。二年生の進境も著《いちじる》しい。高いレベルでの激戦パートなのである。

すべての楽器のオーディションを終えると、ミタセンは音楽準備室から出て来た。

「えーと、それではコンクールメンバーを発表します。ボクは番号しか知らないから、オーディションを受けたときの数字を読み上げるね。では、フルートから一番、二番、

四番……」

ミタセンは機械的に発表を続ける。泣き崩れたり、がっくり肩を落とすのはやはり一年生が多い。同じパートの先輩が肩をさすったり、手を握ったりして励ます。

「メンバーは以上。とりあえず五十五人選んだけど、演奏力が伸びない生徒は今後もどんどん落とすからね。入れ替える可能性がないわけではないから、メンバーに入れなかったひともいざというときのため、練習やっとくこと」

「ありがとうございました」

オーディションが終わり、最初に部室を飛び出したのは、ふだん一番のんびりしているサックスの大磯渚だった。

なんか急いでいるのかなと思っていたんだけど、夜になってからの八幡の電話で事情を知ることになる。

「サックスの大磯、オーディションに落ちたんだって」

「えっ、そうなんだ」

「一年の鮫島《さめじま》が入ったみたいだよ」

「たしかにサックスの一、二年生はうまい子がそろってるけど、大磯を追いやるほどでもないと思うんだがな」

「でも、あいつ、なんかマーチングにのめり込んでただろ」

そうだった。

「練習不足だったんじゃないかな」

「なるほどね」

「課題曲Ⅴのアルトサックスは音が高くて、イントネーションやピッチが難しかったみたいでさ」

八幡の言うとおり。課題曲Ⅴはどのパートも高度な技巧を求められる。

「一、二年の子は本気で練習してたと思うんだ。大磯の技量がずば抜けてるわけでもないだろ。その差がでちゃったんじゃないかって、みんな言ってるよ」

「ふーん」

「三年で落ちたの、大磯だけらしいぜ」

「それはキツいな」

「ほとんどは予想の範囲だったんだけど、パーカッションで一年の曽根宇羅が洩れたんだって。あいつは入ると思ってたんだけどね。あと、クラでは……」

八幡はオーディションにまつわる部内の話を続ける。でも、ほとんど耳には入ってこない。ぼんやりと聞きながら、なぜか脳裏に浮かぶのは沙耶の顔ばかりだった。

オーディションが行われた翌日、選抜メンバーで課題曲の合奏が行われた。

五十五人のメンバーに選ばれたとはいえ、入れ替えもあると言われているので、集まった部員の顔にも緊張の色が浮かぶ。

「はい、まず通しでやります。途中でとめないから、そのつもりで」

ミタセンは言うやいなやタクトを振りおろした。

冒頭からはげしく拍子が変わり、速いテンポで曲は進んでいく。不協和音ばかりなのだが、なぜか明るく感じる不思議なメロディだ。

オレが担当するオーボエも含め、木管は終始、忙しい。でも、なかなかのできばえだと思った。練習番号七からはオレのソロ。自然にからだが踊ってくる。

練習番号九からは長いチューバソロがはじまる。軽快な曲想のなかで、この部分だけは少し重い雰囲気をただよわせる。もちろん沙耶の出番だ。

音の強弱が難しいにもかかわらず、メリハリをつけて演奏できている。またしても腕を上げたようだ。ミタセンとカモティの間を行ったり来たりしていて疲弊しているはずなのだが、見えないところでしっかりと練習しているのだろう。長い音でのビブラートも見事だ。

ただ、どこまでも暗いタッチのソロは、沙耶のこころのうちを表現しているようにも聞こえ、もの悲しい気持ちになってきた。

この曲の売りは吹奏楽コンクールの課題曲には珍しく、編成にドラムセットも入っているなど、パーカッションが前面にでているところだ。なかでも練習番号二十からはすさまじいドラムソロがはじまる。演奏するのはもちろんパートリーダー、三年の榊甚太郎。もともとロックのドラムから吹奏楽に転じた甚太郎はノリノリ。この曲はプログレッシブ・ロックの要素も取り入れて作られているということなので、熱くなるのももっともだ。

吹部がマーチングに取り組むようになってから、一時はそちらの方にのめり込んでいたパーカッションだが、この課題曲が決まってからは、座奏にも情熱を注ぐようになってきた。ミタセンがそこまでの深謀遠慮《しんぼうえんりょ》でこの曲を選んだとすると、なかなかの策士《さくし》である。

ドラムソロが終わると、一度、テンポは落ちるが、ほどなく軽《かろ》やかに疾走しはじめる。クライマックスではティンパニーがこだまするなか、金管が炸裂《さくれつ》。不協和音なのになぜか美しく心地よい。

演奏を終えたあと、ミタセンはしばらく沈黙を守った。

部員たちは咳払《せきばら》いひとつせず、その言葉を待つ。

まあまあできてるじゃん。

率直に言うと、そう感じた。

もちろん、修正点はたくさん出て来るだろう。でも、初めての合奏にしては上出来だ。なんだかんだ言いながら、このバンドにはそれなりの底力がある。

そんなことを考えていると、ミタセンはおもむろに話しはじめた。

「ダメダメダメ。こんなんじゃ、全国なんて絶対に行けないから。全国どころか新宿《しんじゅく》、いや三鷹《みたか》までも行けない。せいぜい立川《たちかわ》止まりだわ。ホントにダメ。なにもかも足りない。できてない」

オレの実感とは違い、ミタセンは本気で怒っているようだった。

「最初の木管、もっとハッキリ、タッタッタッタッタッでしょ。タタタタタになっちゃ全然おもしろくないでしょ」

全部員がペンを持ってミタセンの言葉を筆記しはじめる。

「それと四十三小節目のピッコロとフルート・ファーストのソロ、その前のクラリネットからの音の引き継ぎできてないよ」

「トロンボーン・ファースト。もう言わなくてもわかってるね。練習番号十八からのグリッサンド。悪いけど全然ダメ」

「この曲はホルンが重要なのよ。タンギングと運指《うんし》が微妙にズレてるのわかってた？難しいのはわかるけど、そこ意識して練習」

「ティンパニー、ちゃんと音作ってる？　もう一度、チェック。マレット変えたほうがいいかも」

「最後のリタルダンド、ちゃんとかけて。フェルマータで音をしっかり伸ばす」

二十分間にわたってミタセンは指示を出し続けた。その間、一度も楽譜を見ることはない。完璧に頭のなかに入っているので、各パートの練習番号や小節数もすらすらと出て来る。あいかわらずミタセンの魔術は健在だった。こうして浅高吹部は座奏のコンクールモードに突入したのである。

マーチングコンテストと吹奏楽コンクール、それぞれの予選の準備だけでなく、期末テストも迫り、慌ただしい日の続いた七月初旬の放課後のこと。そろそろ下校時間もちかづき、ひとり、ふたりと帰路につくなか、ドラムメジャーの小早川聡美から声をかけられた。

「西大寺先輩、忙しいところ申しわけないんですが、手伝ってほしいことがあるんです」

「どうした？」

「注文していたマーチングスネアやマルチタムが届いたんですけど、業者のひとたちが間違えて音楽室に運び込んじゃったんですよ」

「パーカッションのヤツら、いねえの？」

「なんか外で決起集会をするとかで、全員帰っちゃって……」

そういえば、そんなことをやるとか言ってたな。あの無口な榊甚太郎はいったいなにをしゃべるんだろう。まあ、鍵盤《けんばん》打楽器の北川真紀がすべての段取りを仕切ってるんだろうけどね。それにしても、あのふたりはまだつき合ってるのかな。さすがに小早川には聞けねーけど。

「なるほど。明日の授業の邪魔になるってことだよな」

「はい」

「わかった。どこへ運ぶ？」

「第二音楽室のほうまで」

段ボール箱に入ったセットが音楽室のかたすみに置かれていた。二度に分けて持ったほうが無難なんだろうけど、一度で持てない量でもない。

「大丈夫ですか。そんなに積み上げて」

「うん、いける、いける。足もとが見えないから誘導してくれると助かるな」

「わかりました。こっちです。もうちょっと右で、気をつけて。真っ直ぐ、まだ真っ直ぐです」

だだっ広い第二音楽室。足を踏み入れると、梅雨のためかふだんに増して楽器特有の臭いがただよっていた。指揮台だけしかなかったはずなのだが、いつの間にやら、ミタセンの私物があちこちに散らばっている。ふだんは沙耶がかたづけているのだろうけど、さすがに最近の忙しさで追いつかないようだ。

「こっちです。もう少し左のほうへ」

小早川はバックで進みながら誘導してくれる。オレの目からは小早川の右手左手の先しか見えていない。欲張らずに二度に分けたほうが早かったかもしれねーな、なんて思っていると、小早川の背後の譜面台が目に入った。それほど高いものではないので気づいていないのか、うしろ向きのまま突っ込んでいきそうになった。

「あぶねえ！」

オレは積み重ねた段ボールを素早く目の前の袖机《そでづくえ》に置き、譜面台に倒れかかろうとする小早川のからだにダイブ。そのまま左側へふたりして倒れ込んだ。

「ごめんなさい」

「いてっ」

同時に声をあげる。

小早川は無傷なようだ。

ホッとするのもつかの間、オレの顔の前にヤツの顔があるではないか。

抱き合ったままの状態だったので、一刻も早く離れなくてはと思ったものの、はげしくヒジを打ちつけたらしく、痛みでそのまま動けない。

「失礼しまーす」

そこへ沙耶が入ってきた。

腕がしびれて身動きのとれないオレは、小早川に覆いかぶさったかたちのまま、首だけで振り返った。

下校時刻が迫っていたので、戸締まりのために入ってきたのだろう。手に鍵《かぎ》を持ったまま、こちらを見下ろしている。

その顔に表情はない。

まるでスローモーションでも見るかのように、沙耶は立ち去っていった。

五

校門まではゆっくり歩いていたんだけど、一歩外にでるや駆け出してしまった。

「信じらんない。なんなのよ」

なにかけがらわしいものを見てしまったようで気持ちが収まらない。胸がドキドキするのは走り続けているせいだけなのだろうか。

西大寺が小早川さんに覆いかぶさっていた。

ただ、それだけのこと。

たいしたことないと念じつつ、足の動きはとまらない。

息苦しくなってようやく立ち止まったときには、自宅マンションが見えるところまできていた。思わずうしろを振り返る。

追いかけてくるわけなんかないのに。

とりあえず息をつく。

そりゃあ、西大寺は背が高く、顔だって悪くない。スポーツマンでもあるんだから、モテて当然だ。十ヵ月も前になるけど、小早川さんから、「西大寺先輩にコクってもいいですか？」とたずねられたこともある。一途《いちず》なひとなので、すぐさま交際を申し込んだのだろう。学校のなかでいちゃつくのはよくないと思うけど、つき合うことは本人たちの自由だ。

なんにも驚くことはない。

じゃあ、どうしてこんなに胸が苦しいんだろう。なぜこんなに引っかかるんだろう。

歩きながらぼんやりと考えごとをしていたらしく、知らぬ間に玄関までたどり着いていた。

あわててマンションの鍵を探し、扉を開けるとおかあさんが帰っている。

「今日は早いんだね」

わたしのほうが先だと思っていたので、驚いて問いかけると、

「たまにはね。とはいえ、あなたよりちょっぴり早かっただけだけど」

ペロッと舌をだす。

小さい会社とはいえ、経営者として従業員を引っ張る立場なので、わたしよりあとに帰宅することがほとんどだ。

「ご飯、食べてないんでしょ？」

「うん。でもいらない」

「そうなの？　じゃあ、あなたの分、置いておくから。もしお腹が空《す》いたらあとで食べなさいね」

「うん」

動揺を悟られぬよう、生《なま》あくびなんかしながら自分の部屋へ足を向ける。カンの鋭い

おかあさんのこと、もう、わたしの異変を察知しているのかもしれないな。

机の前には今週の勉強計画が貼ってあった。期末テストまであと一週間。ふだんの手抜きを巻き返すべく、一気に詰め込まなきゃなんないんだけど……。

さっきのシーンがよみがえる。

なにがわたしの心をこれほどささくれ立たせているのか。

まず、それがわからない。

もしかして西大寺への恋心？

「まさかまさか。ありえない、ありえない」

思わず大声をだしている自分がいた。

元はといえば幼なじみ。幼稚園のとき、通りをはさんだ一軒家に越してきてからのつき合いである。小さいころはよく遊びに行ったものだ。

一時は兄妹《きょうだい》みたいな関係だったこともある。

おとうさんは関東フィルハーモニー管弦楽団のオーボエ奏者で、おかあさんも音大ピアノ科出身という音楽一家。西大寺自身も幼少期よりクラシック界の神童と呼ばれていた。

中学生になると、なんとなく疎遠になっていった。

ヤツ自身、なんかやさぐれた雰囲気をかもしだすようになり、話しかけづらくなっていたからね。

思いもかけず、同じ高校に進学。

そのころにはあいさつすらしなくなっていた。

いったん野球部に入った西大寺だったがケガのため退部することになる。ミタセンが強引に吹部へ入れてしまったため、なんとなく顔見知り程度の仲に戻ったのだった。

いまさら意識するなんて……。

どうしても否定したくなる自分がいた。

物思いにふけっていると、別の想念が浮かんでくる。

わたしのこころのなかのモヤモヤ感は、もしかしたら小早川さんに対してのものなのかもしれないな。

高校二年生になり、ミタセンから予想外の部長指名を受けた。みんながついてきてくれなくて、ひとり涙に暮れることも少なくなかったけど、それなりに吹部を立て直してきたという自負はある。以前は自分にまったく自信がなかったのだが、ちょっとはイケてるかもと思えるようになってきていた。

満《まん》を持《じ》してむかえた最終学年。

カモティの赴任、マーチングコンテストへのエントリー、小早川さんのドラメ就任と、浅高吹部は予想すらしていなかった方向に進んでいった。

気がつけば、わたしは名ばかり部長になっていて、小早川さんが部を統率しているではないか。

後輩である彼女に対し、嫉妬《しっと》の気持ちが芽生えているから、こんなにこころがザラザラするのかも。

考えてもみなかった結論に自分自身、愕然《がくぜん》とする。

そんなはずはない。ありえない。

必死になって打ち消してみるのだが、こころに浮かんだ黒いシミはいつまでも消えてくれなかった。

翌日の放課後、音楽準備室の周囲では吹部の部員たちが配られた紙を片手に盛り上がっていた。

「スーザのマーチなのね」

「後半は『ジュピター』だって」

「実際にやってみたら、どうなるんだろう？　ちょっと怖いけど楽しみ」

すぐにドリルの構成のことだと気がついた。

またしても、わたしの手の届かないところで部に変化があったんだわ。

ちなみにドリルとは簡単にいうとマーチングのこと。ただし、前進するだけのパレードはドリルとは呼ばれない。舞台上で行われるステージ・ドリル、体育館などで行われるフロア・ドリル、屋外で行われるフィールド・ドリルなどがある。

「部長、すごい選曲ですね。ちゃんと行進できるかしら。がんばりますので、ビシビシしごいてくださいね」

　パーカッション一年の曽根宇羅さんが声をかけてくる。

　座奏の吹奏楽コンクールには選ばれなかったものの、めげることなくマーチングに情熱を傾けるつもりなのだろう。

「わたしは蚊帳《かや》の外でなんにも知らないのよ」なんて伝えるわけにもいかない。薄笑いを浮かべ、

「うん。がんばって」

　とありきたりの返事をしておく。

「沙耶、ちょっとええかな」

　仲良しの副島奏はわたしの姿を認めると、黄色いカチューシャを揺らしながら小走りで駆け寄ってくる。

「マーチングのスコア、もらったん？」

「ううん、まだなんだけど。決まったんだね」

「各パートの動きを書いたコンテもできてるんやって」

「そうなんだ」

　わたしの冴《さ》えない顔に気づいたのか、奏は声のトーンを落として、話を続ける。

「まず『スター・ウォーズ』のファンファーレからはじまるんよ。そのあと、スーザの『星条旗よ永遠なれ』がスタート。規定の課題はだいたい前半部分で終わらせるみたい

やわ。後半はホルストの『ジュピター』になるんやけど、曲の難易度といい、つながりといい、よう考えられてると思うわ」

アメリカ生まれのジョン・フィリップ・スーザは「マーチ王」と呼ばれる作曲家。名前を知らないひとでも、そのメロディは小学校の運動会などで聴いた覚えがあるはずだ。

グスターヴ・ホルストは二十世紀の初めに活躍したイギリス人。火星から海王星までの七楽章からなる組曲「惑星」は管弦楽のために書かれたものだが、吹奏楽から軽音楽まで、幅広いジャンルに編曲され、演奏されている。とりわけ木星を意味する「ジュピター」の第四主題は、愛国的な讃歌《さんか》として母国イギリスで親しまれており、日本でも平《ひら》原綾香《はらあやか》さんの歌で有名だ。

奏が言うよう、マーチングの初心者でも取り組みやすい選曲になっている。それでいて、演奏が容易というわけでもない。

「全部、小早川さんが決めたのかな？」

「実際の動きとか編曲は外部のドリル・デザイナーさんやアレンジャーのひとたちに協力してはもらっているんやろうけど、大枠は小早川さんを中心に西大寺や渚も加わって作っていったらしいでぇ」

奏は渚の名前を口にするときだけ、少し顔色を曇らせた。

「そうなんだ」

第二音楽室に入ると、コンテを片手に自分のパートのメロディを歌いながら行進している部員たちで、熱気に包まれていた。

指揮台の横に大きなひとの輪ができている。小早川さんを中心としたマーチング執行部の面々が、各パートのリーダーたちから質問攻めにあっているようだった。

彼女の横には西大寺。スコアを片手に、フルートの恵那さんに向かってなにやら説明している。ヤツはマーチングリーダーなのだから、小早川さんと一緒にいるのが当たり前なんだけど、素直に受け入れられない。

輪のなかに渚の姿を見つけたときには胸が痛んだ。彼女はドリルの足運びを実演してみせていた。

吹奏楽コンクールのオーディションに落ちてからというもの、渚とは一度も話をしていない。仲良し四人組でのＬＩＮＥへの書き込みもとまったままだった。

とても真剣な顔つき。

そして、ときおり浮かべる静かな微笑み。

本来なら喜ぶべきところなのだが、いままで生きてきたなかで感じたことのないような、重く黒いものがこころのどこかに居座っている。

これって嫉妬っていう感情なのだろうか。

吹奏楽部のリーダーとしての立場、そして幼なじみである西大寺や親友だと思っていた渚。わたしの大切なものすべてを、小早川さんは奪っていくような気がしてならない。

部長でありながら、こんな思いをぬぐい去ることができない自分に対してもなさけない気持ちがつのってくる。

楽譜とコンテが配られてからというもの、吹部はまたしてもマーチングモードにシフトしていった。

練習場所も学校から徒歩五分のところにある浅川の河川敷《かせんじき》に変更となる。さすがに体育館脇の狭いスペースではドリルの練習など不可能。カモティが市と折衝し、使用許可を取りつけたらしい。

梅雨明け目前で、もはや真夏を思わせる陽光を浴びながら、萌《も》えたつ雑草のあいだにある小さな階段をあがると、ふだん地元のひとたちがソフトボールや野球を楽しんでいるグラウンドが目に入ってきた。

そこには三十メートル四方の大きな正方形が描かれている。そのなかには、ラインパウダーで五メートルおきにポイントが打たれていた。体育教師であるカモティにとって、白線を引くことなどお手の物のようである。

三度目の練習からは楽器を伴っての実演にちかいものとなった。

「はい、みなさん、こんにちは。重たい管楽器やパーカッションのひとたちはごくろうさまです」

昼をすぎると気温は三十度を超えるため、重量のある楽器の担当者はみなハンカチで額をぬぐっている。かくいうわたしも、ふだん使っているチューバからスーザフォンに持ち替えてはいるものの、それなりの重みから汗がとまらない。

「昨日まではドリルの、あっ、ちょっと待ってね」

にこやかに話しはじめたカモティだったが、あわててスマホを取り出して、「もしもし、もしもし」と繰り返す。ためつすがめつ画面をながめたあと、ジャージのポケットに戻すも、すぐさま不思議そうな顔つきのまま同じ動作で耳元へ。最後には着信音を消してしまったらしく、笑顔を取り戻して熱弁を再開した。

「えーと、昨日まではドリルの練習と演奏を別々にやっていましたが、今日から本格的にマーチングに取り組みます。はい、じゃあ、スタートの隊形になってください。まず一回やってみよう。とめないからね。一、二、三、はい」

小早川さんのバトンが振り下ろされると隊列は動き出す。

マーチングは譜面を見ることができないので、暗譜《あんぷ》が大前提だ。しかし楽譜が配られてからまだ一週間しか経っていないこともあり、完璧に頭にたたき込んでおけというのは無理がある。実際、音は乱れに乱れていた。

そのうえ、動きもまだまだぎこちない。歩幅や左右の間隔に気を取られ、ますます音がなおざりになっていく。

「はい、ピンフィールの八歩目、そろえて」

「振り向くときのスピードが遅い」

「フォワード・マーチのときの姿勢、正しくね」

カモティは土手のうえからハンドマイクで指示を飛ばす。

音楽の専門家ではない彼女の指導はどうしてもドリルの内容に偏りがち。旋律やリズムの修正までには至らない。

とにかく音楽になっていなかった。そもそもマーチとしての躍動感がなく、浅高吹部の音楽表現力の三十パーセントもだせていない。

後半の「ジュピター」になると、さらに混乱は深まった。本来ならもっとも盛り上がるはずなのだが、メロディを追うだけで精一杯。山場をつくることなく演奏は終わってしまった。

「はーい、集合」

みんながカモティのもとに集まってくる。その顔色はかんばしくない。

「うーん、まだまだひとつにまとまっていないわね。どうしようかしら」

カモティはどこから手をつけていいのかすらわからないようだ。

「西大寺くん、どう思う？」

いきなり振られた西大寺は驚きを隠さず、

「うーん、まずは曲を音楽にするところからはじめなきゃなんないんじゃないっすかね」

わかったようなわからないようなことを言う。

「自分がミスしたと思うひと、手を挙げてみて」

カモティが問いかけると、ほぼ全員が名乗り出る。

「いまからパートごとに分かれて練習ね。自分が間違えたところは繰り返しからだにたたき込んでおくこと。パートリーダーのひとは動きと音の連動をチェックしてください」

バラバラになって精度をあげていくことはもちろん重要だ。しかし、バンドとして、音をまとめていくこともまた大切。ここに来て、マーチングは向かうべき道を見失ってしまった感がある。

カモティは、ふたたび土手にあがると、あわててスマホを取り出して、耳に当てる。すぐさまポケットに戻すのだが、ほどなく怪訝《けげん》そうな顔つきで画面を凝視。挙動不審《きょどうふしん》な動作をひっきりなしに繰り返していた。

吹部がマーチング態勢に再突入したことで、当然のことながら、ミタセンの機嫌はよろしくない。

そもそも、当初のミタセンとカモティの約束では、二日に一度、一時間半だけマーチングの練習にあてるということになっていた。

しかし、河川敷での練習がはじまると、この協定はなしくずしになっていく。

練習はピッタリ一時間半で終わっていたのだが、移動の時間は含まれていない。全体練習が終わったあと、パートによってはグラウンドに居残ることもあり、部員が学校に戻ってくるころには、下校時間が迫っているというケースも少なくなかった。

「もう、ボクがなにを言いたいのかわかってるよね」

わたしの顔を見るなりそう言ってのける。

「昨日だってコンクール曲の練習、まったくできてなかったでしょ。約束が違うじゃない。嘉門先生はわかってるの？　いまが一番大事なときなんだよ」

「はあ」

「だいたい、なんなの。マーチングっていっても音楽がメインなんだよ。音とからだを合わせなきゃなんないのに、バラバラじゃない」

「はあ」

「自然にからだが動いてしまうような音楽がマーチなんだよ」

「はあ」

「大切なのは音の強弱。リズムもまったくなってない」

まるでその場にいたかのように語るものだから不思議になって聞いてみた。

「あのー、三田村先生はマーチングの練習を見てたんですか？」

一瞬、口ごもったミタセン。声をでんぐり返らせながら、早口で言い放つ。

「いや、あの、この前、たまたま通りかかったもんだから。ホント、視界に入ってきたからさ。見たくないけど見ちゃっただけで」

学校から河川敷まで徒歩五分とはいえ、人通りの多い場所ではないし、土手を越えないとグラウンドは見わたせないはず。やはりミタセンは偵察に来ているのだ。

「まあ、あの調子だと予選は通りっこないな。ひとまず安心した。どうせダメなものに、これ以上、時間を割くわけにはいかないよ」

「それで三田村先生に相談があるんです」

部長としてのわたしに課されたミッションはふたつあった。ひとつは夏休みの練習計画を決めること。座奏とマーチング、それぞれのコンクールが迫りつつある。きっちりと時間配分しなくてはならない。

カモティの意向もあり、全体練習のうち三分の一の時間をマーチングに割いてもらうよう頼んでみたのだが、

「ダメダメ、冗談じゃない。こっちのほうの予選が先にあるんだから。問題外です」

いっこうに埒《らち》が明かない。

「先生、もう夏休みも目前に迫ってます。ちょっと考えてみてください」

「だから無理だって言ってるでしょ。自由曲は『ダフクロ』なんだよ。そんな簡単に仕上がるとでも思ってるの？」

吹奏楽の定番曲である通称「ダフクロ」とは、モーリス・ラヴェル作曲のバレエ音楽「ダフニスとクロエ」のこと。管弦楽用の組曲へと編曲され、さらに吹奏楽バージョンにアレンジされた楽曲は、魅惑に満ちたメロディで人気を誇る。ただし演奏には高度な技巧を要し、難度が高い。

課題曲Ⅴもまだまだブラッシュアップが必要なので、いくら時間があっても足りないというミタセンの気持ちもわからないわけではない。

今日はかなりご機嫌斜めなようなので、話題を転じてみた。

「あと、もうひとつ大切なお願いがあるんです。マーチングのほうの音楽指導もやってほしいんです。先生の言うとおり、ひとさまに聞いていただける音にはほど遠い状態で、みんな困り果ててます。三田村先生の力がどうしても必要なんです」

用意していた言葉を一気にはき出すと、ミタセンは目を見開き、大きく息を吸い込んだ。すさまじいまでの動揺ぶり。本当にわかりやすいひとである。

しばらく沈黙したあと、

「みんな、そう言ってるの？」

「はい。部員たちはみな、『三田村先生しかいない』と口をそろえてます」

神様、ウソをついてごめんなさい。

でも、吹部のためなので、きっと許してくださいますよね。

こころのなかでつぶやいた。

ミタセンはだらしなく目じりを下げ、ニンマリとする。

やった。こちらのほうの依頼は首尾良く受け入れてもらえそうだ。

しかし、急にまなじりをあげ、

「やっぱりダメダメ。ぼくが指導したら、マーチングコンテストも全国大会へ行っちゃうよ。そんなことになったらすべてがブチ壊しじゃない」

あまりにもわけのわからないことを言い出すので、

「吹奏楽部が全国大会に行けるんだったら、それでいいじゃないですか？」

といささか強い口調で問い返すと、

「吹奏楽コンクールに差し障《さわ》るかもしれないでしょ。それだけは阻止しなきゃ」

などと言う。さらに、

「いい考えがあるの。ほら、このサイト見て」

パソコンの画面を指し示すので、のぞき込んでみる。

そこには「西洋ミツバチ四枚充満群」と書かれた四角い箱の写真があった。

「なんですか、これ？」

「ミツバチの巣箱。宅配便で送ってもらおうと思って」

「……」

「本当はスズメバチがほしかったんだけど、さすがに売ってなくて、まあミツバチで我慢してやるつもり」

言っていることがよくわからないので、次の言葉を待っていると、

「マーチングの妨害工作に使おうと思ってさ。練習中に解き放つの。みんなあわてふためくだろうなぁ。蜘蛛《くも》の子を散らしたみたいになるよ」

吹部の部員たちが逃げまどう姿を想像しているのか、こころの底から楽しそうである。

「冗談はやめてください」

「内緒にしといてね」

ミタセンはあくまでもわたしのことを反マーチング運動の同志だと思っているようだ。

「ちょっと待ってて。電話かけるところがあるから。あれ、つながらないな。着信拒否にしやがったな、クッソー」

ミタセンが自分のスマホの画面を見ながら怒っているので、盗み見してみると、発信先に「嘉門」と表示されていた。河川敷での練習中のカモティの挙動不審な行動の原因はこれだったようである。イタ電をかけている犯人がこれほど身近にいるとは思わなかった。

「あと、本番前にはマーチングシューズのヒモに切れ目を入れとくことも考えてるんだ。アイススケートとかであるじゃん。靴ひもが切れてメダル取れなかったって悲劇がさ。あっちこっちでバタバタと倒れたりなんかして。うっひゃっひゃ」

このひとは危険人物なのかもしれない。

本気でそう思った。

明日は終業式だというのに、夏休みのスケジュールがまったく決まらないまま日曜日を迎えてしまう。

「三田村先生と嘉門先生の日程調整はまだなんですか？」

しびれを切らした小早川さんに詰め寄られた。

こちらの目を真っ直ぐ見すえたまま問いかけてくるもんだから、なんだかわたしが悪いことをしているような気になってくる。

「もうちょっと待って。どっちも譲る気配がなくて困ってるのよ」

「マーチングにどれくらいの時間をもらえるのかがわからないと、こっちも練習計画を立てられません。パートリーダーからも責められてます」

「ごめんごめん。もういっぺん掛け合うから」

彼女の言うことはごもっとも。でも、どうしてわたしが謝らなきゃいけないんだろう。薄ら笑いを浮かべながらあたまを下げている自分がなさけない。涙がでそうになった。

あまりにもムシャクシャしたので、外の空気を吸おうと教室からでていくと、ふたりの女性が校門から入ってくる。

ひとりは、スリットの入ったひざ丈のスカートとタイトフィットなジャケットのツーピース、インナーは大きく胸元のあいたタンクトップで、金のネックレスがゴージャスな大人びた女性。脱色されたウェーブの巻き髪もあいまって、夜の世界からいらしたのかという雰囲気の持ち主だった。

それにひきかえ、もう片方はというと、ブルージーンズにシンプルなTシャツ、ショートカットの黒髪にメガネと地味系女子を絵に描いたようないでたちである。

およそ異なった世界に住んでいるとしか思えないほどファッションの傾向が違うこと

この上ない二人組が、にこやかに談笑しながらこちらへ向かって歩いてくる。

「あっ」

思わず声をあげた。大好きなひとたちの懐かしい笑顔にこころが躍る。

「せんぱーい。おひさしぶりです」

卒業して以来、五ヵ月ぶりの再会。

「沙耶ちゃん、変わんないね」

まじめファッションの主である元部長の長渕詩織《ながぶちしおり》先輩が口を開く。

「おー、元気してっか？」

ホステス風の装いで登場した加藤蘭《かとうらん》先輩が続く。

わたしは思わずかけ寄ってふたりの手を取った。

「来てくださってありがとうございます。みんな喜びます」

去年の春、ミタセンが赴任してきてからというもの、吹部には悲喜こもごものいろいろな事件が持ち上がった。一緒になってそれらのトラブルを乗り越えてきたことで、先輩たちとはとても深い信頼関係が築けたと思っている。そういう意味ではミタセンに感謝しなくてはならない。

部員らのもとへ連れて行くと、二、三年生が集まってきた。

とりわけ同じパートだった後輩らは懐かしさを隠しきれない。

遠くから様子をながめていると、輪のなかから蘭先輩が抜け出してきた。

「ちょっと、話があるから来てくんない？」

ニヤニヤしながら声をかけてくる。

「非常階段ですか？」わたしも思わず笑いながら聞き返す。

「そうだな」

ふたりして廊下を突っ切って扉を開け、五階の非常階段に腰を下ろすと、眼下に八王子の街並みが広がっていた。かつて、おなじ空間でふたりして泣いたことを昨日のことのように思いだす。

「なんか浮かねー顔してんな。つらいことでもあんだろ？」

「ええ、まあ」

満面に笑みを浮かべていたつもりだったんだけど、気づかれていたようだ。

「誰かシメてほしいヤツがいたら言ってみな。代わりにやってやっからよ」

元ヤンキーの蘭先輩はあいかわらず過激なことを言う。小早川さんの件でも話そうものなら、すぐにでも行動に移しかねないので、

「大丈夫ですよ」

と伝えておく。

「それにしても、おまえらはいーよなー、もう一回大会に臨めて。うらやましいよ」

「そんなにですか？」

「ああ、うらやましいな」

「お仕事のほうはどうなんですか？」

蘭先輩は八王子駅前にあるデパートの化粧品売り場で働いていると聞いていた。高校時代からお化粧はうまかったんだけど、一段と腕を上げたみたいで、ますます大人っぽくなっている。

「仕事か……。うん、まずまずおもしろいよ。そりゃー、いろいろイヤなこともあるけど、金もらってっからしかたねーだろ。上司をぶっ殺そうとか思うときもないわけじゃないよ。働くって、楽しいことばかりじゃねーからさ。でも、充実はしてるよ」

明るい口調ではっきりと言い切った。

「どんなときにおもしろいって感じるんですか？」

「そーだなー。二ヵ月くらい前のことなんだけど、遠くからウチの化粧品を見てるＯＬさんがいたんだ。さりげなく声をかけたら近寄ってきてくれたんで、いろいろな商品の説明をして、実際に塗ってみてあげたんだ」

「そうなんですね」

「仕上がりを気に入ってくれて、ファンデーションとアイシャドウを買ってくれたよ」

「わたし、ひとにものを売ったことなんかないから、すごいです」

「それから一ヵ月後くらいのことなんだけど、走ってウチの店のカウンターのところまで来てくれて、『お化粧を変えたら彼氏ができました』って報告してくれたんだ。こっちもめちゃくちゃうれしくって、『おめでとうございます』って言ってハグしちゃったの」

　生き生きと話す蘭先輩がまぶしかった。

「今月も、お給料がでたからってひとつ買ってくれたよ。たかが化粧品の販売員なんだけど、こんな自分でもひとの役に立てることがあるんだって気づいたんだ。ひとを幸せにできる仕事だと思うとやりがいはでてくるんだよ」

「すばらしいと思います」

「でも、やっぱり、高校時代が懐かしいんだ。仕事の充実感とはまったく違った、なんて言ったらいいのかな。あの熱さっていうか」

「そんなに違うんですか？」

「あんなに燃え上がることって、これからの人生で何回あるのかなって思うくらいの熱さだったからさ。きっと高校生のときしか感じられないもんなんだと思うよ」

「そうなんですか……」

「いまはつらくても、絶対にあとで振り返ったらいい思い出になるから。まだ社会にでたばっかのウチなんかが偉そうに言えた義理じゃないんだけど、きっと、その体験が一生の自信になると思うんだ」

「ありがとうございます」

「あーあ、戻りたいけど戻れない。戻れないけど、もう一回、ホルン吹いてみよっかな。学校のヤツ、使わしてもらってもいいかな？」

「ぜひぜひ吹いてください」

「へたくそになってるけど笑うなよ。笑ったらシメるからな」

「じゃあ、いまのうちに笑っておきますね」

おたがい笑顔のまま、みんなのところへと戻る。

そのあと、各パートリーダーからの相談などが入ったため、残念ながら詩織先輩とはゆっくり話すことができなかった。

元部長である詩織先輩には座奏とマーチングの時間配分をめぐってのもめごとについて相談できればと思っていたので、少し落ち込んでいると、夜になって電話がかかってきた。

「沙耶ちゃん、今日はいろいろありがとう。懐かしいみんなの顔を見てわたしも元気がでたわ。それより、真帆ちゃんから聞いたんだけど、新しくきた嘉門先生のことで大変な目に遭《あ》ってるんだって？」

いきなりわたしが聞いてほしいと思っていた本題に入ってくれたので、

「そうなんです、実は……」

そのまま話を聞いてもらう。

「なんとなく耳にしてはいたんだけど、そこまで面倒なことになってるとは思わなかったわ。ミタセンひとりでも難しかったのに、トラブルメーカーが増えたなんてね。で、夏休みのスケジュールを大急ぎで組まなきゃなんないんだよね。吹奏楽コンクール予選はいつなの？」

「八月十日です」

「マーチングコンテストの東京都予選は？」

「八月二十六日で、コンクールの都大会は九月九日です」

ミタセンの悲願である吹奏楽コンクールの全国大会へ出場するためには、八月十日、九月九日の二度にわたって勝ち抜かなくてはならない。それに引き替え、マーチングコンテストは八月二十六日の一発勝負で運命が決することになっている。

「おたがい譲らないのも無理ないスケジュールだね」

「そうなんです」

「むしろ、どっちか一方に絞ったらいいんじゃないのかな？」

「えっ、どういうことですか？」

「八月十日まではコンクールの課題曲と自由曲だけに専念して、マーチングは一切やらないの。予選を突破したら、次はマーチング漬け。八月二十六日以降は、またコンクールの曲だけに集中するのよ。そのほうがスッキリしない？」

「そんなこと考えてもみませんでした」

「八月の半分はマーチング一辺倒ってことになったら、ミタセンもやることがなくなるからマーチの音楽指導もやってくれるんじゃないかな」

「そうですかねぇ」

わたしが小さくつぶやいてから、ため息をつくと、

「大丈夫だって。沙耶ちゃんが動けば吹部は変わるから」

「いろいろ動いてはいるんですけど……」

「去年の四月からのことを思い出して」

そう。ミタセンは赴任してきて吹部の顧問になるや、わたしをだまして部長に祭り上げた。詩織先輩が部長を続けると思っていたので、まさに青天の霹靂《へきれき》。でも先輩たちの支えがあって、吹部は躍進を遂げることができたのだった。

「わたしの家にミタセンが来て、ウチの両親に『部長は二年の鏑木さんにやらせますから』って言ったのよ。そのとき思ったの。沙耶ちゃんは細やかな気配りのできるひとだから、部長になったら、この部は伸びるかもってね。わたしの期待通り、いや、それ以上に引っ張っていってくれたわ」

「そんな……」

「あれだけのことをやってのけたんだから、今回も絶対に乗り越えられるわよ。あなたなら大丈夫。みんなついてくる。あなたならできるわ」

大好きなふたりの先輩はそれぞれのやり方でわたしに力を与えてくれた。信じてくれるひとがいる。なんとか期待にこたえなくてはならない。失望させたくない。そんな気持ちがむくむくとわき起こってきた。

翌日の終業式が終わるや、ミタセンのもとへおもむいた。

「あの、相談があります。これから八月十日まで、マーチングの練習は一切やらず、吹奏楽コンクール曲にしぼろうかと思ってます」

「おっ、鏑木さんもやっとわかってくれたのね。もちろん大賛成。マーチングなんかやめちゃおうよ。『集団インフルエンザになった』とか言って、直前に辞退すればいいんだからさ」

「そういうことじゃないんです。そのかわり、コンクール予選のあとの二週間あまりはマーチングに専念したいんです」

「……」

「お願いします」

「本当にコンクール予選まではマーチングはしないんだね？」

「はい。あと、突破できたらマーコンの音楽指導もしてほしいんです」

「マーチングもボクが？」

「はい。全部員が先生に教えてほしいと思ってます」

「嘉門先生は？」

「もちろん『三田村先生に見てもらいたい』って言ってます」

「あのひとがこの部活を無茶苦茶にしたのに、勝手だなぁ。うーん、そっかぁ」

ミタセンは思案しているようだった。

なによりも、当分のあいだ一切マーチングをやらないという提案にひかれているらしい。目先のエサにつられるタイプのようだ。

マーチングに関してもやりたい思いと拒絶する気持ちで揺れ動いているみたいである。

「まあ、音楽指導だけならやってもいいかな」

消え入るような声でつぶやいたので、

「いいかな、じゃないです。決定ですよ。武士に二言《にごん》はないですから」

と念を押す。

こうして夏休み直前になり、ようやく座奏とマーチングの時間配分問題は収束に向かったのだった。

六

「ダメダメダメ。ストップだって。マーチってなんだかわかってるの？　行進曲でしょ。マーチになってないよ。からだが自然に動きはじめて、この教室から飛び出しちゃいたいっていう気持ちになんなきゃ。音楽としてマーチになってれば、ステップなんかあとからついてくるんだから」

部員であふれんばかりの音楽室にミタセンの叱咤《しった》が飛ぶ。オレのところまでツバが届きそうな勢いだ。

「じゃあ、最初から。テーン・ハット。レディ・セット。ワン、ツー、三、四」

ミタセンのアジ演説のあとだと、これまでとはまったく違った音楽になるのだから不思議なものである。

「スタッカートはもっと弾んで」

「シンコペーション、はっきり」

「低音、はげしく下降《かこう》して。そう」

合間の指示が音を引きしめる。

これまで、かたくなにノータッチを貫いてきた吹奏楽部の主《あるじ》が、ついにマーチングの指導に乗り出した。

「まだまだだね。弱い音がきれいに作れてない。弱いところをきっちり届けないと、クライマックスの強い音が生きてこないの。じゃあ、みんなで歌ってみよう。声にだしてみるとメリハリの大切さがわかるから。もちろん自分のパートだよ。いきます。パーンパ、パ、パッパーパ、パパパパパ。はい」

浅高吹部が昨日の吹奏楽コンクール予選を突破したことで、事態は急展開したようだ。

八幡からの電話を思い出す。

「LINEの緊急連絡、見た？」

「ううん、見てねえ」

「そうだと思って電話したんだ。集合時間が変更になったんだって。なんと朝の八時から」

「ホントかよ。早すぎ」

「なんでだと思う？」

「さあ。わかんねえ」

「明日からの練習はマーチング一本に絞るんだってさ。しかもミタセン登場」

「マジか。ずっと座奏のコンクール曲ばっか続けてると思ったら、今度はマーチングしかやんないの？　しかもミタセンがやる気になったって？」

「うん。そうなんだ。どうも鏑木が動きまわってミタセンとカモティのあいだで話がついたらしいんだ」

沙耶の名前を聞き、少し動揺した。

最近、露骨に避けられてるような気がする。先日の第二音楽室での出来事を思い起こした。まさか、変な勘違いをされてるんじゃないだろうな。あの日以来、ひとことも口を利いていない。

八幡はそんなオレの気持ちになど構うことなく話し続ける。

「ウチの高校のマーチングは音楽面がボロボロだろ。カモティも焦ってて、鏑木を通してミタセンに『指導してくれ』って頼み込んだらしいんだ。鏑木のとりなしがうまくいって、ミタセンもしぶしぶ首を縦に振ったんだって。もっとも、室内での音楽指導だけって条件つきらしいんだけど」

「そうなんだ。やるんなら、とことんやりゃあいいのに」

「これからマーチング東京都予選までの約二週間は、午前中、ミタセンの演奏面に関する指導。午後からはカモティとドリルの練習になるんだって」

「残りの夏休みはマーチ一色ってわけね」

電話を切ってから、いろんな気持ちがわき起こってきた。

吹奏楽コンクールの都大会進出を決めた浅高吹部。しかし、音量や演奏は全国レベルにはほど遠かった。ギリギリで予選を通過したというのが正直な実感である。

難曲である課題曲Vがまったく仕上がっていないのはもちろんのこと、自由曲のダフクロこと「ダフニスとクロエ」もひどいものだった。

原曲の持つ神話的な響きは少しも表現できておらず、クライマックスのダフニスとクロエが歓喜する場面も、ただうるさいだけにしか聴こえない。都大会にでられて御《おん》の字といったできばえだった。

ミタセンだって、満足しているわけがない。全面的にマーチングの指導を買って出る気持ちになれないのも当然だ。

かたやマーチングの方はというと、素人集団の学芸会レベルから脱していない。座奏もマーチングも中途半端。浅高吹部に残された時間が少ないということだけはたしかである。

そしてなによりも沙耶のことが気がかりだった。

部長としてふたりの先生の仲を取り持つ一方、マーチングでは重要な仕事を与えられておらず、損な役回りばかり押しつけられている。

あいさつ程度でもいいので、どこかでさりげなく話をすることはできないものか。もどかしい気持ちがつのるのだった。

午後からは浅川の河川敷に集合。真夏の日差しが照りつけ、ジャージに着替えた部員たちは練習がはじまる前から汗だくである。

セミの声をかき消すほど大きな声でカモティが話しはじめる。

「えーっと、まずは吹奏楽コンクールの予選突破おめでとう。これからの二週間はマーチング漬けになるから覚悟しといてね」

　ひさしぶりの指導がうれしくてたまらないといった様子でそう言うと、

「はい、じゃあ、楽器を持って所定の位置についてください」

　メンバーは決められた場所へと散っていく。

　ドラムメジャーの小早川聡美がバトンを持って先頭に立った。

「演奏せずに動きだけを通しでやってみます。テーン・ハット。レディ・セット。いくよ、一、二、三、はい」

　動きのないファンファーレの部分は省略し、まずは、「星条旗よ永遠なれ」からスタート。冒頭、歩きながら横三列のフォーメーションになったあと、三つのブロックに分かれることになっている。

　もうこの段階で隊列はバラバラなのだが、カモティがとめることはない。

「一、二、三、四、左右をちゃんと見る。一、二、三、四」

「フォロー・ザ・リーダーのときはまわるスピードをそろえて」

　コンテは頭のなかに入っているはずなのだが、正反対に動き出す部員がいれば、とまるべきところでひとりだけ前に飛び出してしまうものもいる。

　そんななか驚いたのは小早川のバトンさばきだ。

　バトンで刻むリズムが正確なのはもちろんのこと、肩へ背中へとバトンを自在に動かし、ときにはオリンピックの床運動の選手のように、片手をついてからだを一回転させる。

その柔らかい動きには正直驚いた。

胸を張った姿勢は美しく、ターンも機械のように正確。それでいて優美さを失わない。いつの間に練習したのだろう。そもそも部内にマーチング経験のある人物などいないはず。あのような演舞を誰に教えてもらったのか。

小早川の華麗な動きの一方、吹部のマーチングはあいかわらずぎこちない。

バラバラのまま、横並びとなった一列八人での周回へと突入した。

吹奏楽連盟主催のマーチングコンテストには課題があり、「三列以上の隊列が四角形ラインに沿って行進しながら一周する」という規定をこなさないと失格になってしまう。「外周」と呼ばれる、大きく外側をまわりながら行進する動きである。

ひとつ目の角を曲がり終えたあと、二度目のターンに入る前に、全体の半分がリア・マーチ、すなわちうしろにすすんで隊形を変える部分に差しかかると、

「はい、ストップ」

カモティは突然、マーチを中断させた。

「左右を見てください。横の間隔は均等になってるかな？　ラインがずれてるでしょ。これじゃあきれいにターンしようとしても、最初っからずれてるんだからできるわけないよね。はい、八拍前の場所に戻って。一、二、三、四」

少し前からマーチをやり直したのだが、二度目のターンの最中に、

「ストップ、ストップ。角を曲がるときはレフトスピンだよ。足を真っ直ぐ下ろしてつま先はそのまま進行方向に向けて置くの。そして、かかとが地面に着く前にからだごと九十度回転させる。何度もやったでしょ。みんなの足がそろってないと美しくないよ」

またしてもとめてしまう。

基礎練習でスピンだけをやっているときは、部員たちもできていたのだが、左右との距離や歩幅など考えなくてはならないことが増えてくると、足先にまで注意が及ばなくなってしまう。いまのところオレはできているんだけど、こんな動きに加えて楽器まで演奏しなくてはならなくなると、正直うまくこなす自信はない。やってみると複雑で難しいもんだと実感する。

「姿勢が大事なのを忘れないで。楽器の構えも真っ直ぐになってないひとがいるよ。いろんなこと全部に気を配らなきゃだめ。大変だとは思うけど、そろうと美しくなるからがんばって」

「はい」

カモティは指導のなかで、「美しいこと」「きれいなこと」にこだわる。

そして求められるものが美である限り、部員たちはカモティの言うことを素直に受け入れる。美しい音を作るために部活をやっているのであり、それに付随するすべてのものもまた美しくなくてはならない。部員たちはひとり残らずそう思っている。

「じゃあ、パートごとに分かれて練習してみましょう」

「はい」

力強い返事がグラウンドに響きわたる。

カモティは美しいものを作るためだけに情熱を燃やしている。言葉にも力がある。そして、その気持ちは部員たちの心に届いている。これもまた指導力と言っていいのだろう。

「小早川さん、西大寺君、ふたりはそれぞれのパートをまわって指導してきてください。あとで各パートの進み具合も教えてね」

「はい」

「じゃあ、最初はトランペットからお願い」

「はい」

グラウンドのすみに移動しているトランペットパートのところまで歩いて行くあいだ、小早川に声をかけた。

「バトンさばき、すごかったなぁ」

「あ、ありがとうございます」

小早川は予想外だったのか、ちょっと驚いて下を向き、小声でつぶやく。

一年生のとき、最上級生の先輩から「暴走機関車」と呼ばれていたこともあるほど気の強いヤツだけに、こんな表情を見せることもあるのかと、意外な思いを抱いた。

「バレエ習ってたんだっけ?」

「六年生のときまでなんですけど」

「そのほかにもなんかやってた？」

「新体操も五年くらい習ってました」

「なるほど。だからカモティはドラメに抜擢《ばってき》したんだ」

「いいえ。わたしにそういう経験があるってこと、話してません」

知らなかったのか。カモティは小早川の立ち居ふるまいや歩き方を見ただけで、その素養を見抜いていたのだろう。

「それにしても、あのバトンの動きは誰に教えてもらったの？」

「自分で適当に考えました」

「適当にって？」

「ユーチューブで強豪校のひととかの演技を観て」

「ふーん。なるほどね。いろいろ努力してんだな」

「あっ、いいえ、それほどでも」

はにかみながらもうれしそうな表情を隠さない。そういえば小早川とちゃんと話をすることって、あまりなかったんだなといまさらながら気づく。

トランペットパートでは、三年の清水真帆と八幡がマーチングの指導に取り組んでいた。

到着するやいなや、その動きを目にした小早川は、

「ピンフィールは、斜めになったときの位置を意識してください。八幡先輩も全体練習では全然できてませんでした」

いきなりつっけんどんに言い放つ。

偉そうに指導していた八幡はちょっと不満げで、赤くなっている。言われるまで気づかなかったのだが、たしかにヤツは列を乱していた。小早川は自分の動きだけでなく、全体の動きについても冷静に観察しているようである。

「清水先輩、トリックスピンを教えるときは、右側のひとを見ながらラインをそろえること、みんなに意識させてくださいね。トランペットパートが特にダメだったので」

「あっ、うん」

これまた言いにくいことをズバッと言う。

小早川のことをただ単にクソ生意気なヤツだと思っていたのだが、マーチングで一緒に活動するようになってから少し見方が変わってきた。

クソ真面目《まじめ》なのである。

責任のある立場に任命され、マーチングのことばかり考えるあまり、先輩後輩の立場などおもんぱかることなく思ったことを口にしてしまうようなのだ。不器用なのだろう。

そのとき、十メートルほどうしろでトロンボーンパートの一年女子ふたりがキャーキャー言っているのが耳に入ってきた。自分たちで練習をやっておくよう指示するのを忘れてしまった。

マーチングではトロンボーンを吹くことになっていて、パートリーダーも兼ねているオレが不在だったもんだから、手持ちぶさたになっているようだった。

「ゴメンゴメン。あとで行くから、取りあえず……」

こう言いながらちかづいていったのだが、彼女らの視線はオレのうしろのトランペットパートのほうへ釘付けになっている。

「なに見てるの？」

「あっ、すみません。なにって、あの、あの」

はげしく動揺したふたりは顔を見合わせたあと、下を向いてしまう。サボっていたせいで怒られるとでも思ったのかもしれない。

「いいから言ってみろよ。バカにしたり、怒ったりしないからさ」

「あの、えと、あの、サトミーがちかくにきてくれたんで……」

「ちょっと、興奮したんです。練習中すみません」

「ちゃんと指示してなかったオレが悪いんだから謝らなくてもいいよ。けど、サトミーってなんなの？」

「いや、あの、サトミーなんて呼んでるのがバレたらわたしたち部活にいられなくなっちゃうんで……」

「あの、絶対に言わないでくださいね」

「うん。わかった」

「小早川聡美先輩のことです」

「カッコイイあのかたがちかくにきてくれたので、練習も忘れて騒いでました。ごめんなさい。キャー！　いま、こっち向いたよ」

「わたしも目が合っちゃった」

なるほど。これが吹奏楽部によくある「女子の先輩にほれる後輩女子」ってやつか。

たしかに背が高くスラッとしていて、切れ長の目にシュッとした顔立ちの小早川は宝《たから》塚《づか》歌劇団の男役のような雰囲気を感じさせないこともない。

「小早川は一年生から人気があるの？」

「もちろん、みんなあこがれてます。エナリン先輩と人気を二分してる感じですかね。恵那先輩は美人だし、ちょっとはかなげで守ってあげたくなるようなところがあるんですよ。まったくタイプは違いますけどふたりが人気を競ってますね」

「恵那先輩でただひとつ残念なのは、八幡先輩みたいなイケてないニキビ面のひととつき合ってらっしゃること。もっといいかたがいることに気づかせてあげたいと、みんなで話してます」

なんかすごい言われようで、八幡がかわいそうになってきた。

小早川にせよ、恵那にせよ、自分のやるべきことをしっかりとやったうえで、部全体の動きにまで目配りできているからこそ、後輩たちから強い信頼を寄せられるのだろう。

「先輩にあこがれるのはいいことだと思うけど、いまは練習しっかりな。あとで行くから、坂口《さかぐち》が中心になって動きのおさらいしといて」

「はい」

小早川のもとへと戻り、今度はふたりでパーカッションパートの方へと向かった。

ちかづいていくにつれ、怒鳴り声が聞こえてくる。

「ダメダメ。全然できてねーよ。やる気あんのかよ？」

「すみません」

「おまえだけもう一回やってみろ」

「はい」

「一、二、三、四、一、二、三、四。違う違う。リア・マーチでポイントに入れてないっつーの。それに足先もふにゃふにゃ。何回言ったらわかるんだよ」

「はい」

ふだんは寡黙なパーカッションのリーダー榊甚太郎が一年生の曽根宇羅を罵倒《ばとう》している。

たしかに曽根の動きはよくなかった。つねにラインからはみ出ていて、動き出しのタイミングもずれている。

ラインをそろえるというのはそんなに簡単なことではない。グラウンドには五メートルおきにポイントが打ってあるものの、下を向いて確認することは許されない。からだに刻み込まれた六十二・五センチの歩幅をたよりに、前後のひとの動きや周囲の風景などから自分の場所を正確に把握し、動くべき次の地点を決めていく。いわば空間感覚のようなものを身につけておかねばならず、最初からできるひともいれば、苦手なヤツもいる。曽根は後者のようだった。

「パーカッションはリズムの要《かなめ》なの。そんなオレたちの足の動き出しがずれてるって、そもそもリズムが取れてないってことでしょ？　おかしいじゃん」

「はい」

曽根は涙をポロポロ流しながら大きな声で返事をする。

甚太郎の言うとおりなんだけど、言い方があまりにもきつすぎる。ヤッとつき合っている北川真紀でも抑えることができないようで、ひたすら曽根の背中をさすって耳元でなぐさめるばかりである。

甚太郎もまた真っ直ぐすぎるんだろう。でも、こんなことを続けていては後輩がついてこなくなる。会社ならパワハラで訴えられかねない仕打ちだ。パーカッション部門の士気が高いのは結構なのだが、熱血指導のあまり空中分解してしまわないか心配になってきた。

さしもの小早川もここでは押しだまってしまう。

「集合」

カモティの声が響いた。

グラウンドのあちこちから部員たちが集まってくる。

「熱中症になるといけないので、休憩はこまめに取ります。三十分後の三時半から再開ね。水分補給を怠らないこと。集中して練習し、しっかり休む。メリハリを大切にね。あと、あそこの直射日光の当たらないところで休むようにしてください。じゃあ、いったん解散」

カモティの指《さ》す方に目を向けると、運動会で使っている屋根型のテントが設営されていた。前回の練習では見当たらなかったものである。

なかにはテーブルが置かれ鏑木沙耶と一年生部員らがスポーツドリンクの準備をしていた。

部長職にありながら、あくまでもサポートに徹するつもりらしい。

吹部の部員たちはテントの周囲に群がっていく。

「ありがとうございます」

「うわー、冷たい。なんておいしいんだろ」

厳しい練習のあとだけに、ささやかなひとときは、どの部員も身にしみてうれしいようである。

オレはあえて沙耶のところに並んでコップを受け取ることにした。この前の件もあるので、なんでもいいからひとことだけでも会話をしたかった。

順番になったので、

「あのー、この……」

こちらから話しかけたのだが、沙耶の方から、

「西大寺は誰よりもアッアッみたいだからちゃんと冷やさなきゃダメだよ」

と目も合わさず言葉を投げかけてくるとともに、コップを押しつけると、

「次のひと、どうぞ」

さっさと追い払われたようである。

しばらく呆然《ぼうぜん》と立ちつくしてしまった。

「誰よりもアッアッ」って意味がわからない。

まさかまさか当てつけでオレと小早川のことを言ってるんじゃねえだろうな。いやいや、誤解だから。そもそも、なんで沙耶にそんなこと言われなきゃいけねーんだよ。いったいどういうつもりなんだ。

考えれば考えるほど、謎は深まるばかりである。

ミタセンとの朝練からはじまった一日。部活は日没まで続いた。結局、楽器を演奏しながらのマーチングを行うことはなく、ただひたすら足運びの練習ばかりだった。

マーチングに特化した練習がはじまってから一週間。

この日も朝からミタセンは吠《ほ》えていた。

「星条旗よ永遠なれ」を通しで演奏し終えたあとのこと。

「あのね、この前も言ったと思うけど、この曲はマーチなの。あなたがたが演奏しなが

ら歩き出したくならなきゃダメなのよ。どうしてそうならないのか。まず低音楽器の頭打ちがクリアじゃないからだよ。頭打ちは第一歩。足で地面を捉《とら》えるところなんだけど、こんな音じゃ、大地を踏みしめられないでしょ」

ミタセンは音楽とからだを動かすこととのつながりについてしつこく語る。マーチとはどんな音楽なのか。それを理解させたいのだろう。

「ひどいのは裏打ちパートで特にホルン。裏打ちっていうのは蹴《け》った足が上がるところでしょ。いまの裏打ちだと重たすぎて、マーチになってない。荷物を持ってどたどた歩いてる感じがするよ。マーチは軽やかじゃなきゃダメ。そうじゃないと聴いてるひとが楽しくないでしょ。ンパ、ンパ、ンパ、ンパ。こんな感じにしてください」

繰り返し力説するのは、行進曲としてのマーチについて。音楽がしっかりとできていたら、ドリルもできるようになる。ちゃんと演奏ができなければマーチになどなるはずはないと何度も強調した。

「あと、ダメなのはシンバル。音のメリハリがなってない。強いところは思いっきり強く。この曲でシンバルはとっても重要なの。全然練習が足りないよ」

これはオレも聴いていて思ったこと。音にシャープさがないのである。

担当は曽根宇羅だ。スネアドラム志望だったものの、シンバルにまわったと聞いている。座奏のコンクールでは選に洩れたので、マーチングに専念できるはずなのだが、荷が重かったのだろうか。顔色をうかがってみると、蒼白《そうはく》になっていて表情がない。

マーチングのシンバルはそれなりの重さがあり、両手で掲げながら歩き続けるにはかなりの筋力や、持久力を必要とする。小柄で華奢《きゃしゃ》な曽根には練習についていくだけの体力がないのだろう。この一週間の疲労で集中力を失ってしまっている。たび重なる甚太郎の叱責《しっせき》もまた、彼女の心労を増やしているに違いない。

「それと、マーチングっていうと、パーカッションや金管がメインだと思ってるだろうけど、今回の構成では、この曲も『ジュピター』も木管がとても重要なの。『星条旗』では特にピッコロ。ここがうまく吹けるかどうかで審査員の採点がガラリと変わる」

ここでミタセンはひと息つくと、

「えー、フルートパート全員前にきて」

満員電車のように部員たちですし詰めになっている音楽室の奥から、三年の副島奏、二年の恵那凛ら八人が前に出て来た。

「いまから『星条旗』のピッコロを吹く四人を選ぶオーディションをやります」

どんな小規模のものでも、オーディションとなると部員たちには緊張が走る。そこでは残酷なまでにはっきり勝者と敗者が立ちあらわれる。人生そのものを感じさせる歓喜と落胆の瞬間がある。

部員たちのざわめきは収まらない。

「はい、静かに静かに。吹いてもらうのは、もちろんオブリガートのとこ。みんなの前で一発勝負だから恨みっこなしね」

「星条旗よ永遠なれ」には、ピッコロによってメロディを助奏するとても有名なフレーズがある。かなり難しい技巧を要するところなのだが、その部分をいまから部員の前でひとりずつ吹けというのだ。

「じゃあ、最上級生からいこうか。副島さんから」

ふだんは関西弁でしゃべり倒す副島奏だが、そんな余裕は露《つゆ》ほどもないらしく、小さな声で「はい」と言うと壇上にのぼった。緊張の色は隠せない。

「じゃあ、いきます。ワン、ツー、三、四」

副島は可もなく不可もなく、まあそつなくこなしたといった感じか。

小鳥がさえずるような、それでいて軽やかに踊るようなパッセージも、奏でるひとによってまったく違う音に聞こえてくるのだから不思議なものだ。

二人目は恵那だった。入部当初は病弱だったものの、部に復帰してからの活躍はめざましい。新しいことにチャレンジしたいと、二年生になってからフルートに転向した彼女だったが、音が一番クリアで伸びやかだった。

全員が演奏を終えると、ミタセンはすぐさま結果を発表。

副島も恵那も選ばれていた。

その一方で涙に暮れる部員もいる。

「ピッコロに洩れてフルートの担当になったからって、手を抜いちゃダメだよ。第二マーチのところなんか、フルートがとっても重要なんだからね。じゃあ、もう一度、最初から合奏します」

オーディションがあったと思ったら、すぐさま演奏。とにかくテンポが速い。

「楽譜を見てください。最初のマーチでは一、二、五、六、十一、十二、十五小節の一拍目のアクセントをもっと強調してね。あと第二マーチの一回目と二回目なんだけど演奏を変えるから。具体的には……」

次々に細かい指示が飛ぶ。

二度目の合奏は今朝方《けさがた》のものより格段に進歩していた。

まさにミタセンマジックだった。


その日の午後のドリル練習。楽器を手にはしているものの、やはり演奏することはなく、ひたすら足運びの訓練に費やされた。

「まだまだ足先が美しくないよ。親指の付け根を意識して」

「横のラインはそろってきた。でも、まだ左右のひととのインターバルがずれてるところがあるよ。もっと感覚研《と》ぎ澄《す》ましてね」

「動き出し、もうちょっとそろえる。みんなでパンパンって一緒に動くと美しいの」

「八歩目がきっちり合って、ラインもそろっているときれいでしょ。だいぶできてきたから、あと少し精度上げようね」

「この段階まで来たら、音楽を頭のなかでちゃんと演奏しながら歩いてね。できるひとは指を動かしておくこと。イメージトレーニングがなによりも大切よ」

カモティはとにかく熱い。熱すぎる。できていない部員を見つけると、いち早くかけ寄って足の動きを指導する。あまりにも情熱的に教えるので、その熱が生徒たちにも伝播するのか、フレッシュな気持ちのまま言われたことに取り組んでいる。

こちらもまたカモティマジックと言っていいだろう。

ひと区切りついたところで小早川がカモティに問いかけた。

「あの、いつになったら演奏しながらマーチングをやるんですか？　予選まであと一週間を切りました。ちょっと不安です」

小早川とカモティの周囲に部員たちが集まってくる。

「それはあなただけの意見なの？」

「いえ、みんな感じていることだと思います。演奏も少しは上達したと思ってます。失敗してもいいので、一度やらせてください」

「そう言ってくるのを待ってたの。じゃあ、いまから合わせてみる？」

「はい」

あちこちで歓喜の声があがった。

すでにあたりは薄暗い。朝からの練習で疲れもかなりたまっていた。でも、部員たちは目を輝かせる。いやがっているものなどひとりもいない。

みなは足ばやに所定の位置へと散らばった。

ドラムメジャーの小早川が高々と掲げたバトンを下ろすと、浅川高校吹奏楽部にとって初めてとなるマーチングははじまった。

滑り出しから誰もが驚いた。

あれ、できてるじゃん。

えっ、ホント？

これがわたしたちの動き？

これがわたしたちの音？

やがて、確信に変わる。

うん、できてるできてる。

ミタセンに教えられたマーチのための音楽と、カモティに教えられた美に奉仕するための動きがひとつになった。

音がからだを運んでいく。

からだとリズムが一体となる。

行進しながらすれ違う部員たちの顔はどれも誇らしげで晴れやか。

スネアのリズムで自然にふとももが上がり、頭打ちでつま先が大地を嚙《か》みしめ、裏打ちで地面をはげしく蹴り上げる。

これがマーチか。

これがマーチだ。

笑みが自然に洩れてくる。

生きる喜びが全身からほとばしる。

もちろん、まだまだ修正点はあるだろう。でも、とても初めてとは思えないほどのできばえである。

この日の達成感を胸に、残された期間を走り続ける。もっともっと上達する。

誰もがそんな予感を覚えたのだった。

七

「沙耶ちん、おはよう」

「おはよう」

「テレビのニュースでやってたの、見たよ。すごいじゃん。ウチの学校にとっても快挙だね」

「あ、うん、ありがとう」

いつもの登校時と違い、声をかけてくる友だち誰もが吹部の躍進について触れてくれる。

今日から二学期。九月に入ったとはいえ、勢いよく昇っていくお日様は過ぎゆく夏を感じさせない。

小高い丘に向かうところで副島奏と目があった。

「おはよう。終わってみたら夏休みもあっと言う間やね」

「ほんとだね」

ふだんならペチャクチャしゃべりながら坂を上がっていくんだけど、おたがい胸の内にいろんな思いが去来するからか言葉が出て来ない。

正門を入ると、校舎にかかるおおきな垂れ幕が目に入ってきた。

『祝　全日本マーチングコンテスト出場　吹奏楽部』

「なんやしらんけど、学校側はすごい盛り上がってるみたいやね」

「ありがたいことなんだろうけど、素直に喜べないところもあるわ」

「沙耶がミタセンを引きずり込んでくれたからこそ、ここまでこられたんやん。もっと胸を張ってええんとちゃうの？」

「まあ、そうなのかもしんないけど……」

「ほかに心配ごとでもあるん？」

「今日の練習はどうなるんだろうとか……」

「これからのことを考えたら、不安になるんもわからんことないけどな。いよいよ正念場やね」

「うん。いろんな意味で緊張するわ」


始業式では吹部の部員全員が朝礼台の横に並んだ。

「えー、二十六日に行われたマーチングコンテストの東京都予選において、わが校吹奏楽部は見事に金賞を受賞。さらに全国大会への推薦も……」

校長先生の祝辞は続く。

そう、あの日、浅高吹部はひとつになった。

つい先日のことにもかかわらず、いま思い返しても現実に起こったとは信じがたい。

たしかに最後の一週間の追い込みはすさまじいものがあった。

全体練習が終わっても、パートごとに校門が閉まる寸前までチェックを怠らず、誰が言い出したわけでもないのに、翌日も早朝から学校に押しかけた。

とはいえ前日の全体練習では、ラインが乱れる場面も少なくなく、演奏面においても、ソロの受け渡しができていないなど、課題は山積みだった。

本番当日、カモティは生徒以上に緊張していて、あいさつもぎこちなかった。

そんなカモティに優しい視線を送ったあと、ミタセンは満面の笑みを浮かべ、部員たちに語りかけた。

「ダメなものはダメなんだし、まあ、短い時間のなかで精一杯がんばったんだから、あとはのびのびとやればいいと思うよ。だいたい楽しんでやんなきゃマーチにならないわけだしね。ボクたちに失うものなんかないんだから、元気だけは失わないでね」

「はい」

もともとマーチングには思い入れのないミタセン。全国大会に行けるなどとはハナから考えておらず、素直に思ったことを口にしたんだろうけど、このアドバイスが功を奏したに違いない。

運も味方した。

わたしたちよりはるかに高度な技量を持つ常連校が、行進のさなかで生徒どうし激突するなど、信じられないミスを連発したのだ。

その一方、われらが浅高吹部は、十回に一回しかできないであろうレベルの演技を本番でやってしまった。

圧倒的なカモティの情熱と、音楽をつくるうえでの比類なきミタセンの指導力が奇跡を起こさせたのである。

結果発表がおこなわれた表彰式のことを思い起こす。

金賞受賞でまずは第一関門を突破。さらに、全国への切符を手にすることができるのかどうか、審判のときが迫っていた。

「それでは引き続きまして、東京都代表として推薦する学校を発表いたします」

有明《ありあけ》コロシアムのスタンドに陣取っていた浅高吹部の部員は全員で手を握り合った。

誰もが固く目をつぶり、顔を伏せ、館内放送だけに意識を集中させる。

「二校ございます」

もちろんダメだと思っていた。でも、いざ発表となるとわずかな望みに期待してしまうのは、ひととしての性《さが》である。

「プログラム番号十五番」

その瞬間、雄叫《おたけ》びとも歓声ともつかない不思議な悲鳴が周囲から湧き上がった。

「都立浅川高等学校」

誰もが泣いていた。わたしも涙がこぼれてしかたない。

ポーカーフェイスの小早川さんでさえ目が赤くなっていた。

　カモティだけは背を向けていたけど、その肩は小刻みに震えている。

　ただひとり、子どものように歓喜のジャンプを続けていたのはミタセンだった。

　あの日、浅高吹部はひとつになった。

　ひとつになったはずだった。


「去年、三田村先生が赴任なさってからわが校の吹奏楽部の躍進ははじまりました」

　校長の話は続く。

　宿願を果たしたカモティの横顔をのぞいてみると、ほがらかな笑みをたたえている。かたやミタセンはというとしぶい表情をくずさない。

「では、吹奏楽部顧問の三田村先生にあいさつしていただきます」

　ミタセンは、イヤそうに朝礼台に上がった。

　これといった特色も伝統もない公立高校にとって、部活動で全国大会に出場するなどめったにないことだけに、大きな拍手で迎えられる。

　しかし、ミタセンのしかめっ面に変わりはない。

「マーチングは全国へ行けることになりました。八日後に都大会があるのでがんばります。でも本番はあくまでも吹奏楽コンクールだと思ってます」

　早口で言ってのけると、そそくさと降壇してしまう。

　なんとなくしらけた雰囲気がただよった。

校長も気まずそうな顔色である。

せっかくの機会なんだから、「みなさんのおかげで全国に行くことができました」とでも言っておけばよかったのだろうけど、空気を読めないミタセンのこと。頭のなかにあることを、そのまま口にしてしまったに違いない。

有明コロシアムから戻った次の日のことを思い出す。

ミタセンは言い切った。

「えー、今日から九月九日まではマーチングのことなんか一切、頭のなかから追い払ってください。いいね。ボクたちは必ず、座奏の方でも全国に行きます。行かなくてはなりません。まだまだまったく足りてないので命がけで練習に励むこと。とにかく死ぬ気でやってください」

祝勝ムードにひたる吹部の部員に冷や水をぶっかけるような、怖くて厳しい口調。ミタセンが音楽の鬼になると宣言した瞬間だった。

始業式とホームルームを終えたあと、第二音楽室に向かう廊下で、

「鏑木さん」

と声をかけられる。

振り返ると辰吉さんだった。

こころを許せる数少ないおとなのひととの再会に、おもわず声を上げてしまう。

「こんにちは。多摩センターのお祭りでお会いして以来ですよね」

「あれから会ってなかったかな。それにしても、マーチングで全国なんてほんとうにすごい。嘉門先生の指導力もたいしたものなんだね。三田村さんとはうまくいってるのかな？」

「まあ、なんとか」

ミタセンの性格を知り抜いていて、カモティとも会ったことのある辰吉さんは、浅高吹部のおかれた現状を誰よりもよくわかってくれている。

「あいかわらず鏑木さんの心労は絶えないんだろうね」

「マーチングで報われたので……。今日は用事でいらしたんですか？」

「うん、そうなんだ。新しい楽器を持ってきたんだよ。まあ、見てごらん」

ふたりで第二音楽室に入ると、まずハープが目に入ってきた。

「うわー、ちかくで見ると大きいですね」

「やっぱり『ダフクロ』をやるんだったら、二台ないとね」

自由曲の「ダフニスとクロエ」は冒頭から二台のハープでのグリッサンドが交互に奏でられる。とはいえ公立高校の吹奏楽部で高価な楽器をそろえることは容易ではない。ハープ担当のふたりは辰吉さんの楽器店におもむいて練習し、一度も合奏練習に参加することなくぶっつけ本番で予選に臨んだのだった。

吹奏楽コンクール東京都大会を間近に控え、ミタセンが動いたようである。

その横にはオルガンに似た木製の鍵盤楽器も置かれていた。

「これは？」

「さすがに見たことないよね。これがチェレスタ。さすがに探すのは一苦労だったよ。ちょっと弾いてみてごらん」

「はい」

名前だけは知っていたが、もちろん実物を目にするのは初めて。浅高吹部ではピアノで代用していた。

鍵盤のうえに指を滑らせてみると、不思議な鉄琴の響きが耳に届く。なんという奥深い音色なんだろう。懐かしく聞こえる一方、哀愁《あいしゅう》を帯びているようにも感じられる。

「うわー。グロッケンシュピールみたいな音だけど、なんかもっと神秘的な感じがしますね」

「うん、そうだろ。鍵盤の下に金属の音板が入ってるんだ。それだけじゃなく、共鳴箱もついてるから、独特の音色になるんだよ」

「クラシックではよく使われるんですか？」

「チャイコフスキーの『くるみ割り人形』の『金平糖の踊り』で耳にしたことがあるはずなんだけど、さすがに本物を見る機会はあんまりないだろうね。三田村さんの指示には逆らえないからな。ハ、ハ、ハ」

こちらの方もミタセンが無理を言って用意させたようだった。

相好《そうごう》をくずしていた辰吉さんが急にまじめな顔に戻る。

「それにしても三田村さん、本気で金賞を狙ってるんだね」

「ええ、まずは金賞を取らないと、全国大会に行けませんから」

「ううん、そうじゃなくって、全国大会での金賞を狙ってるってこと。課題曲はVで、自由曲は『ダフクロ』だろ。あいかわらず考えてることがぶっ飛んでるよな」

ミタセンは本気で全国大会での金賞を狙っている。考えてもみなかったことだが、きっと辰吉さんの言う通りなんだろう。

でも都大会にでられただけでも奇跡にちかいようなわたしたちの現状を考えると、不安は隠せない。わたしたちは、このギャップを埋めることができるのだろうか？

大会まで一週間を切った九月三日、月曜日のこと。

「ダフクロ」の通しでの合奏を終えたあと、ミタセンはおごそかに語りはじめた。

「なにもかも全然ダメなのはみんなわかってると思う。この曲はモーリス・ラヴェルっていうフランスの作曲家が百年くらい前につくったものなんだけど、もともとバレエ音楽なの。マーチングじゃないけど、やっぱりからだを動かすための音楽なんだよね。しかも二世紀末から三世紀の初め頃に活躍したとされる、ロンゴスっていうギリシャ人が書いた原作は、ヤギ飼いの青年ダフニスと羊の世話をする少女クロエの恋愛の物語なの。クロエは穴に落ちて泥だらけになったダフニスが泉でからだを洗ってるところを見て、その美しさにビックリする。でも少女はまだ恋という言葉すら知らない。もう一度、水浴びするように勧め、やっぱりダフニスの姿にうっとり。思わず彼のからだに触れてしまう。そんな描写なんか、千何百年前に書かれたとは思えないほど色っぽい」

汗だくのミタセンはいったん、指揮台から降りるとペットボトルのお茶をノドへと流し込み、ふたたび話しはじめる。

「特にこの夜明けのところは運命のイタズラで離ればなれになっていた恋人たちが再会するシーンなの。最後の全員の踊りはもちろん大歓喜。圧倒的な愛のドラマの頂点なのよ。ここを壮大にするためにも、夜明けはもっともっとデリケートで柔らかくしなきゃダメ。わかるでしょ？」

みんなは深くうなずいた。

もちろんわかってはいるのだ。すばらしい曲だということも、そう簡単に登れる山ではないということも。

どの楽器にもまんべんなくかなりの技巧を要するフレーズが存在していて、ほとんどの生徒はこなしきれていない。みんな悔しさを感じつつ演奏している。

「全然、きれいじゃない。もっと心して取り組んで。それに、あと一週間もないのに、全員そろっていないってどういうことなの？」

ふたりの部員が抜けている木管パートの方をにらみながら叫ぶので、あわててわたしが口をはさむ。

「あの、ひとりは特別推薦の入試があるので来られません。もうひとりもＡＯ入試のプレテストがあるので……」

「えっ、入試？　プレテスト？」

「はい。ふたりとも、ちゃんと届け出ももらってます」

「まだ九月に入ったばかりなのに、もうそんなのがあるの？」

「ええ、いろんなパターンのものが、順次行われていきます」

ミタセンは腑《ふ》に落ちないようで、首を振っている。自分の受験のころのように、年明けから入試がはじまると思っているのだろうか。

「でも、都大会が迫っているんだから、部活を優先させるべきじゃないの？　どっちが重要か考えてよ」

あいかわらずブツブツ言ってから、

「とにかく、どのパートもまだまだ底上げが必要なんだから、命がけでやってください」

こう言い放つとアッと言う間に教室をあとにした。

「入試と部活とどっちが大事かって、入試に決まってるじゃん。いったいなに言ってんだよ、オッサン」

三年生部員が思わず口走る。

部員たちのこころに小さな亀裂《きれつ》が走るのを感じないわけにはいかなかった。

進路のこととなると引っかかるものがないといえばウソになる。もっとも、わたしの場合、将来の夢や希望をしっかり持っていないことが悩みの種だった。

西大寺や渚のようにこれといった特技もなければ、ずば抜けた成績の学科もない。高校に入ったころは看護師さんなんかもいいかなと思っていたのだが、いざ一歩足を踏み出す段になると、病院という戦場でバリバリ働くことなどできるわけがないと思うようになってきた。

どうして、みんなはやりたいことがあるんだろう？　なぜそんなに簡単に自分の未来を決められるのだろう。

不思議でしかたがない。

ウジウジ悩んでいる自分もイヤだった。

とりあえず進学するかもしれないと思っていたので、勉強はそれなりにやってきた。とはいえ進学に特化した学校にいるのではないので、本気で大学をめざすとなるとかなりの追い込みが必要となる。それなのに受験に本腰を入れているわけでもない。

部活の行く末もだが、自分の将来についての不安もつのってきた。

憂鬱《ゆううつ》になる理由はそれだけではない。

最近、西大寺の顔を見るたびにイラついてしまうことにも気づいていた。

単なる八つ当たりであることはわかっているんだけど、落ち着き払った顔つきが目に入ってくるだけで腹が立つ。

どうしてそうなっちゃうんだか、自分でもまったくわからない。ヤツがいるだけでこころが乱されてしまう。

ダメダメ。こんなんじゃダメダメ。

なんとか立て直さなきゃ。

何度も自分に言い聞かせた。

まずは部長としての仕事をやり遂げるのよ。

自分のこころにむち打って、音楽準備室のミタセンのもとを訪れる。

「失礼します」

「ああ、鏑木さん、ちょうどよかった。こっちから連絡しようと思ってたんだ」

ミタセンはそう言うや、一方的に話しはじめた。

座奏の仕上がりが遅れていること、遅れを取り戻すためには部員たちの相当な自助努力が必要となってくることなど、とめどなく語り続ける。

「問題は技術的なことじゃないの。ハート、パッション。とにかく音楽になってないわけ。ボクたちが取り組んでいるのは管弦楽の魔術師モーリス・ラヴェルなのよ。しかもバレエ音楽。音を聴くだけで、あたりの雰囲気が一変し、情景やストーリーが自然に立ち上がってこなきゃならないの。鏑木さんだってボクの言いたいこと、わかるでしょ？」

「はい」

ミタセンの思い描く音からは、ほど遠いところにあるのだ。いらだつ気持ちはよくわかる。

「でも、だからと言って、部員に当たるのも逆効果だと思うんですよ。最近の先生の言葉はちょっときついようにも感じるので……」

吹部という集団の歯車が微妙にかみ合わなくなってきていることに気づいてほしかったのだが、

「マーチングの東京都予選が終わったら、座奏のコンクールにすべてをかけるっていう約束だったよね。だからボクはマーチの音楽指導をやったんだよ。でも全然守られてないじゃない。昼休みになったら、『ジュピター』やスーザが聞こえてくるっておかしいでしょ」

と声を荒らげる。

実際、一部の部員はマーチングの曲を自主的に演奏していた。その音がミタセンの耳に届いているようである。パートとして練習しているわけではなく、あくまでも個人レベルでの行動なので、禁止するのもおかしなものだと思うのだが、ミタセンはどこまでも気に入らないらしい。

「それに、あの子たちはなんなの？　見てごらんなさいよ」

うながされて窓から校庭を見下ろすと、大磯渚ら十数名の部員たちがマーチングの練習に励んでいる。

「えっと、大磯さんたちは座奏のコンクールには出場しないので、マーチングの全国大会に向けての練習に取り組んでいるんだと思うんですけど……」

「この期間は座奏に専念するって決まっているわけでしょ。あんなことをしたら、ほかの部員だって気が散るじゃない。どうして部の方針に刃向かうんだろう。サポートでやれることがいっぱいあるはずでしょ？」

ミタセンの言うこともわからないわけではない。ただ、渚たちだって少しでも部の役に立ちたいと思っているからこそ、寸暇《すんか》を惜しんでマーチングに取り組んでいるのである。それをやめろなどと言えるはずもない。

「彼女たちのことはわたしにまかせてください。とにかくみんなが団結して音楽に取り組めるような雰囲気をつくっていかないと……」

「とにかくもヘチマもないの。いまのままじゃ本当に全然ダメ。そのことをみんなに伝えて。相当なレベルアップがないと都大会なんか突破できないってこと、わからせてちょうだい」

部員が課題曲Vや「ダフクロ」をおろそかにしているわけではない。それなりに精一杯やっている。

ただし、ミタセンの指摘がまったくの的外れとは言えない部分もあった。

やはりこころのどこかに緩みがでていることは間違いない。

浅高吹部はマーチングにおいて頂点を競う全国大会の出場権を獲得した。確実な未来が約束されたことで、座奏でも全国をめざすという強い気持ちを失いつつあった。

達成感を覚えてしまい、新たな困難に立ち向かう動機を見いだせなくなっているのだろう。

そんな雰囲気のなか、ミタセンが合奏において、

「ダメダメ、機械が演奏してるみたいで全然ダメ。マーチングやってるときみたいに気持ちを込めてちょうだいよ。どっちが本番だかわかってるの？」

と怒りをあらわにすると、部員のこころのうちには、

「そんなこと言われたって、どっちも本番なんだよ」

という反感が芽生えてしまう。

マーチングの東京都予選の際は、カモティの圧倒的な情熱と、ミタセンの緻密《ちみつ》な音楽指導がうまい具合に融合したため、二週間で仕上がるという奇跡が起こった。

しかし、その後の吹部はミタセンの熱意がただただ空まわりするばかり。

ずれていくミタセンと部員たちのこころをなんとかつなぎとめようと思っていたのだが、なすすべもなく音楽準備室を離れた。部長として橋渡しの役割を果たさなくてはと思いつつ、なにか大きな流れがあって、それに逆らうことができない。

都大会の前々日、奏が教室に駆け込んできて、

「沙耶ちん、大変やわ。ミタセンとカモティが言い合ってる」

と教えてくれた。

奏に導かれるまま、廊下を走ると、三年B組の教室の前で、

「いま、コンクールの準備で一番大切な時期なんだから、マーチングのことで生徒の気持ちをかき乱しちゃダメでしょ」

と苦情を言うミタセンの姿が目に入る。

「わたしのほうから声をかけたんじゃありません。部員からたずねられたら答えるのが教師の仕事でしょ」

「都大会まではマーチングを一切やらないって約束じゃないですか」

「だから、放課後にはやっていませんよ」

「いまはコンクールに集中したいんです。放課後だけじゃなく、気を散らすことはやめていただきたい」

「だから言いがかりだって」

「だって、廊下でステップ練習してたでしょ。見ちゃったんだから」

わたしと奏でふたりを引き離す。

なにが起こったのかは聞かずとも理解できた。

さらなる無力感にさいなまれ、なさけない気持ちがつのるばかりだった。

九月九日はときおり小雨のぱらつく曇り空だった。

吹奏楽の大会において、雨は大敵だ。楽器を運ぶ際にも濡れないよう、細心の注意を払わなくてはならない。

ミタセンは終始、無言だった。

誰もが不安を隠せない。

八幡太一が必死になってみんなを鼓舞《こぶ》する。

「心配なのはどの学校も一緒。大丈夫。マーチングだって本番で奇跡が起こったんだから。絶対にできるはず。それぞれのパートはどれも難しいけど、失敗を恐れずやり切ろう」

同じトランペットパートで副部長の清水真帆が続いてくれた。

「わたしたちに失うものはないはずなの。みんなの力を信じてやるしかないわ。どんな結果になっても怖くない」

部長としての能力に欠けるわたしをサポートしてくれるふたりの気持ちがありがたかった。わたしも力をふりしぼって声をだす。

「つたない部活運営でみんなをうまくまとめられなくてごめんなさい。でも、いまのわたしたちが、できるかぎり精一杯の演奏をやれば、悔いはないと思うの。力を合わせて浅高吹部のサウンドをつくりましょう」

「はい」

みんなの声はひとつになった。

ミタセンから見えない舞台袖ではカモティがひとり一人の手を握りながら、

「がんばって」

と送り出す。

府中《ふちゅう》の森《もり》芸術劇場「どりーむホール」の舞台に上がると、二千席あまりの会場はぎっしり埋まっていた。

こんなに多くのひとの前で演奏できることの幸せをかみしめなくてはならないはずなのに、実感できない自分がいた。ぬぐい去ることのできない小さな不安がこころの底から顔をのぞかせる。

「プログラム十一番、都立浅川高等学校吹奏楽部。課題曲Ⅴに続き、自由曲はラヴェル作曲『ダフニスとクロエ』。指揮は三田村昭典です」

さあ、まずは課題曲Ⅴ。テーマは夏。わたしたちは去りゆく夏への惜別《せきべつ》の情を音に乗せる。

わたし個人にとっても大切な曲である。なぜなら普通ではありえないほど長いチューバソロが用意されているのだ。この点では選んでくれたミタセンに感謝である。

冒頭からうまく滑り出せた。課題曲の方は比較的長い期間練習していただけあって、上々の流れで音が弾んでいく。変拍子を駆使しながらも、どこかしら現代的な響きのサウンド。

ミタセンははげしく腕を振り、音に乗る。

木管でところどころ小さなミスはあったものの、圧倒的な流れがそれを押し隠すほどの音の洪水となっていく。

人生をかけたと言ってもいいチューバソロはなんとか吹ききった。

甚太郎のドラムソロが炸裂する。プログレッシブ・ロックのようでいて、ジャズのようにも聞こえる不思議なリズム。彼にとっても面目躍如《めんぼくやくじょ》といったところだろう。

いよいよエンディングにさしかかる。

管楽器はアクセル全開で吹きならし、パーカッションは力いっぱい打ちつけた。心地よい大混乱が不思議なほどまとまっていく。

きまった。

まずは大成功と言っていいだろう。やっぱり浅高吹部の力は底知れない。

そして自由曲。

第二組曲のはじまりである「夜明け」のシーンはピアニッシモのフルートとハープからはじまる。静かな、本当に静かな森のなか、祭壇の前で眠っているダフニス。少しずつ夜が白んでくる。フルートとクラリネットが交互に入れ替わる柔らかな伴奏。そして主題は八小節目から。これも静かに柔らかいタッチで演奏される。

夜が静かに明け、小鳥たちのさえずりがあちこちから聞こえてくる。

ラヴェルの音楽のすごみはその情景描写。音を聴くだけで、頭のなかに景色が見えてくる。地平線からほんの少し顔をのぞかせるお日さま。夜明けの光が山々に反射し、柔らかな風が頬に当たる。一瞬の木漏れ日の地面に差しこむさまが目に浮かぶ。

ただし、そんな描写を音で表現するためには超絶な技巧が必要とされる。

浅高吹部の部員たちはこの二週間ほどの血の滲《にじ》むような特訓で、運指をみずからのものとし、スコアの指示する通りの音をだすことができるようにはなっていた。

でも足りない。

なにが足りないのか。

ラヴェルの求める精緻《せいち》な高みにあと少し届かない。

この音楽をひとに聴かせるにあたって必要な神秘的な雰囲気が、微妙な色合いが、緩急やメリハリが表現できていない。

ダフニスとクロエの、おたがいを思いやる切ない気持ちが伝えられない。

音楽とは不思議なもの。

うまいだけではどうしようもない。レベルがいくら上がったところで、ひとのこころに届く音楽になっているかどうかはまったくの別問題。演奏者の気持ちがひとつになり、おなじ頂《いただき》をめざして、おなじスピードで登っていかないと、ひとのこころを揺さぶることなどできようはずがない。

ミタセンの表情には苦悶《くもん》が感じられた。

なんとか音を引き出そうと、なんとかみんなを崇高な世界へ引っ張り上げようと、必死になってタクトを振っている。

部員たちも必死になって食らいつく。

ミタセンがどれだけこの曲を愛しているのか、どれほどいつくしんでいるのか、そしてどれほどラヴェルの世界のすごみを生徒たちに感じさせたいと思っているのか。

みんなわかっていた。

わかっていてもできないことがある。音楽の神は気まぐれで冷たい。つかもうと必死になればなるほど、するりと逃げてしまうことがある。

太陽が顔をのぞかせ、光を浴びた草木が喜びにうちふるえた。生きとし生けるものすべてが色を取り戻し、まさに夜が明けきらんとするさまを、輝かしいチェレスタの響きで表現する。

やがて「全員の踊り」に入っていった。

小早川聡美はクラリネットのソロを完璧に吹きこなした。

ヤギ飼いの青年ダフニスと美しい少女クロエの恋を、バッカスの巫女《みこ》の衣装を着た娘たちや村の若者らが全員で祝福する。

陽の光がどんどん強くなっていくなかでの祝祭。

わたしたちはがんばった。うまく演奏できていた。

でも五分の四拍子がうまく疾走しない。神話の主人公たちは踊ってくれない。わたしたち自身も音に乗り切れない。

なぜなんだ。

技術的な部分をクリアするのが精一杯で、音楽にまで昇華させる時間が足りなかったのか。

クライマックスへと走り続けるミタセンの顔にとまどいの色は隠せない。

ふたつの主題が複雑に絡まりあい、すべての打楽器群が最大限に打ち鳴らされる。

終わった。

終わってしまった。

誰もが放心状態のまま、舞台袖へと足を向ける。

引き揚げるわたしたちに会話はない。

結果発表を聞くまで、絶望する必要がないのはわかっている。

でも部員たちの誰もが実感していた。音をだすことができていたとしても、音楽を奏でることはできていなかったということを。

八

「今日もこないんだね」

「吹部、やめちゃったのかな？」

「なんだかんだ言いながらも、いてもらわないと困るんだよね」

「きたらきたで面倒なんだけどさ」

サックスの女子たちは口々にこぼしていた。

問題のある部員が姿を見せなくなったというたぐいの話ではない。やめちゃったのかもしれないという噂の主は、なにを隠そう顧問のミタセンである。

吹奏楽コンクール都大会の本番後、結果発表も聞かずに帰ってしまってから一週間が経った。その間、部活動には一切顔をだしていない。

学校には来ているようだ。授業もしっかりこなしているという。ただし、放課後になるやダッシュで帰路につくらしく、吹部の部員が集まるころになると音楽準備室はもぬけの殻《から》になっている。

都大会での敗退に衝撃を受けているに違いない。

結果は銀賞。金賞ではあるものの全国大会への推薦はもらえないという、いわゆる「ダメ金」すら取ることができなかった。惨敗と言っていいだろう。

こんなとき、ミタセンをなだめすかしていたのが部長の沙耶のはずなのだが、ヤツもまたなんだか様子がおかしい。

目に力がなく、いつもボンヤリしているようなのだ。

さすがに心配になってきた。

とはいえ、このところちかくに寄ろうとすると避けられているように感じていた。なんとなくだが、オレのことを見る目つきが冷たいようにも思う。

またあんな態度を取られたら、ショックは大きいだろう。さりとて、あまりに気落ちした様子は気になってしかたない。

迷った末、勇気をふりしぼって話しかけてみる。

「鏑木、ちょっと、話があるんだけど」

かなり大きな声をだしたつもりなのだが、背後からだったせいか、まったく気づいてもらえない。

それとも無視されたのか。

まわりこんでもう一度、

「あの、少しいいかな？」

と声をかけると、

「ああ、西大寺。どうしたの？」

にぶい反応のまま、力ない声が返ってきた。

冷ややかな応対でないのはよかったのだが、能面《のうめん》のような無表情には驚きを隠せない。

「いや、大したことじゃないんだけど、ミタセンはどうしてんのかなと思ってさ」

「ああ、三田村先生……。きっと落ち込んでるんじゃないかな。吹奏楽コンクール、ダメだったもん。そうよね、わたしの責任だもんね」

「そんなこと言ってねえ……」

「ううん、わかってる。ゴメンね、ダメな部長で」

「いや、あの……」

「わたしがミタセンを連れ戻さなきゃいけないんだよね。それだけがわたしの仕事だもんね。なんにもできなくてすいません」

こう言って静かに頭を下げると、まだ話している最中にもかかわらず、フラフラと教室からでていってしまった。ひとの話などまったく耳に入らないようだ。ふぬけのようになっている。

その日のうちにカモティから呼び出しがあった。

「西大寺くん、がんばってる？」

向こうからくるように命じておきながら、妙に優しい声色でどうでもいいことを聞いてくる。

「えっ、なにがですか？　受験勉強ですか」

「うーんと、まあ、いろいろ」

「はあ、まあ、がんばってます」

「実はね、ちょっと三田村先生と話してきてほしいのよ」

「えっ、オレが？　嘉門先生が直接話せばいいじゃないですか」

「いや、なんとなく顔を合わせづらいなって思ってね。三田村先生がもり立てた吹奏楽部にわたしがあとから乗り込んできて、マーチングは全国行けたのに、吹奏楽コンクールはダメだったわけでしょ。みんな一生懸命やったうえでの結果なんだから、誰が悪いわけでもないんだけどさ」

「どうして部長の鏑木に頼まないんですか？」

「うん、もちろん彼女にお願いしてるんだけど、最近あんまり元気がないみたいで……。以前のような調整力を発揮できない状態らしいのよ」

「……」

たしかに、いまの沙耶にミタセンの相手をさせるのは難しいかもしれない。

「で、マーチングリーダーの西大寺くんにお願いしようと思ったわけ」

ごく当然の流れだと言わんばかりの口調だったもんだから、

「オレにはそんな役割、無理っすよ」

と返答しようと口を開きかけた矢先に、

「お願い、お願い、お願い、やってくれるよね？　吹奏楽部のためだもんね？　ありがとう。ありがとう」

そう言いながら、しっかと手を握ってくる。

これは反則だ。生徒が教師からこんな頼み方をされて断れるわけがない。

「うーん、あの、なにを話してきたらいいんですか？」

「まずは三田村先生の様子を教えてほしいの。どれくらいやる気を失ってるのかとか、なにに傷ついているのかを知りたいわ。あとわたしに対して怒ってるのかどうかも探ってほしい。マーチングの精度をさらに高めていくためにはやっぱり三田村先生の力が必要でしょ。まずは偵察してきてもらいたいの。聞いてほしいことはメモ書きにして渡すから大丈夫よ。いいわね。ありがとう。本当にありがとう」

まだ、やるなんてひとことも言っていないのに、ひたすら感謝されたため、あいまいにうなずいてしまった。

六時間目が終わるとミタセンはすぐさま姿をくらますという。まずは昼休みに音楽準備室を訪れてみた。

「すいません。西大寺です」

最近は居留守《いるす》を使うと聞いていたので、ノックをするやすぐに扉を開けた。

「あっ、西大寺くん。どうしたの？」

クラブハウスサンドをほおばっていたミタセンは、口をもぐもぐさせながら返答する。

その表情に動揺の色は隠せない。

「最近、部活で姿を見かけないもんですから、ちょっと心配になってきてみました」

カモティに教えられた文句をそのまま口にした。

「そうなんだ。うん、一年間準備していた吹奏楽コンクールで全国に行けないことになっちゃって、ちょっとガックリきてるんだ」

意気消沈《いきしょうちん》しているらしい。

ただし、少なくともカモティに対する怒りの感情などは持ち合わせていないように見てとれた。

「みんな心配してますよ。早く復帰してください」

これもまたカモティの書いた台本のままのセリフ。残念ながら吹部の部員がそれほど心配しているわけではないいんだけど、

「そうだろーなー」

ミタセンはうれしそうな表情を必死で隠すように天井を見上げた。

「マーチングの前に、八王子市主催の『オータムフェア』もあるので、三田村先生がいないと吹奏楽部が路頭に迷ってしまうんです。戻ってください、先生」

まるで棒読みなのだが、ミタセンは気づいていない。

「うーん、みんなに迷惑をかけてすまない。『やる気がでてくるまでもう少し待って』と伝えてちょうだいよ」

その日のうちに、カモティに報告した。

「三田村先生は遠からず復帰するんじゃないでしょうか？」

「そうなの。それはよかった」

「嘉門先生に教えられた通りに話しかけるととても喜んでいましたし、『もう少し待って』とも言ってましたからね」

「部活に来ない理由はなんだって言ってた？」

「『やる気がでない』とか」

「顧問なのにやる気がでないなんて困ったもんね。校長先生も期待してくれてて、週三回は体育館を使えるようにしてくれるんだから、もうちょっとがんばってもらわないと」

「えっ、体育館でも練習できるようになるんですか？」

「うん、まだ内緒なんだけど、バレー部とバスケット部の先生に話してくれることになってるの」

「なるほど」

「じゃあ、明日もう一回、三田村先生のところに行ってみて」

翌日、またしても台本を丸暗記して音楽準備室へ。

「マーチングのステップ練習は怠《おこた》りなくやってるんですけど、三田村先生がいないことには合奏ができなくて、部員一同困り果てています」

「うーん」

ここまではよかったんだけど、このあと予想外の展開となった。

ミタセンがオレに問いかけてきたのである。

「で、嘉門先生はなんて言ってた？」

「はっ？」

「嘉門先生はボクのこと、どう言っているの？」

頭が真っ白になった。カモティの台本にない質問をされるなどとは思ってもみなかった。しかたなく、正直に、

「うーんと、『三田村先生がやる気をなくすなんて困ったもんだ』と言ってたと思うんですけど……」

そう伝えると、

「なんだって。『困ったもんだ』とはどういうことなの？」

いきなりミタセンが声のトーンを上げたもんだからさらにビックリ。

「えーと、なんか校長先生の期待をうらぎることになるとか……」

こう口にするや、ミタセンの顔がみるみるこわばっていく。「しまった」と思ったが後《あと》の祭り。

「やっぱり校長の差し金でボクを動かそうとしているんだな。あのひとは利用することしか考えていないんだ。わかった。ボクはすべての構図がわかったよ。もう我慢ならない。嘉門先生に『あなたに利用されるのはまっぴらだ』って伝えといて」

「あの、えと」

「いいから、ちゃんと伝えて」

しかたなくカモティのところに戻り、

「なんかわからないんですけれども、三田村先生は突然、怒り出して、『あなたに利用されるのはまっぴらだ』って伝えてくれと」

言われたことをそのまま伝言しただけなんだけど、今度はカモティの眉間《みけん》にしわが寄った。

「はあ？　どういうことなの？　わたしが彼のなにを利用しようと思っているわけ。言いがかりはよしてほしいわね」

と怒りをあらわにする。

ふたたびミタセンのところに行って、

「嘉門先生は『言いがかりはやめてくれ』と話してます」

と伝えると、

「なに言ってるの。だいたいあの先生が校長と結託《けったく》してマーチングなんかはじめなきゃ、ウチの吹奏楽部は間違いなく全国に行けたはずなのよ。それなのに、マーチングの予選が終わってからも部員を座奏のコンクールに集中させなかったでしょ。約束を破ったんだ。全部、あのひとのせいなの。音楽指導をしてほしいんだったら、まずはボクに謝るのがスジってもんでしょ」

ミタセンにしては珍しく声を荒らげる。

あまりにもはげしい反応だったので、そのまま体育教官室に飛び込み、

「あの、三田村先生が『謝りに来い』と言ってます」

と伝えると、

「なんでわたしが謝らなきゃいけないの。なんでわたしのせいなの。マーチングで全国大会に行けてありがとうって感謝すべきじゃないの？」

と大声で叫びはじめたもんだから、ほかの体育の先生たちも驚いてこっちの方へ視線を送る。

「嘉門先生、落ち着いてください。ちょっと三田村先生を説得してきますので」

こう言い残して、音楽準備室へとって返し、

「三田村先生、お願いです。嘉門先生に『マーチングで全国大会に行けてありがとう』と言ってください。事態を収めるにはそれしかないんです」

頭を下げたのだが、

「前から非常識なひとだとは思ってたけど、まさかここまでとはね。もう決めた。ボクは吹奏楽部の顧問、やめちゃうんだから。これからは、みんなで勝手にやってください。悪いけど、二度と嘉門先生の代理でここには来ないでね」

そう言うや追い出されてしまった。

これはまずいことになった。

当初はちかいうちに復帰するようなことをにおわせていたミタセンが完全につむじを曲げてしまったのだ。

それにしても、オレがふたりのあいだを行ったり来たりしているなかで、ミタセンとカモティの怒りがどんどんエスカレートしていったのはなぜなんだろう。オレは間違ったことをしたのだろうか。双方の言い分をそのまま正確に伝えただけなのに、なんでこんなに怒られなきゃならないんだろう。

部活には休むことなく顔をだしていた沙耶だったが、部内のミーティングにはまったく姿を見せなくなった。

「えーと、いまからパートリーダー会議をはじめます。鏑木部長が体調不良で参加できないとの連絡があったので、わたしが司会をさせてもらいます」

小早川聡美が口を切る。

まずはあらかじめ提示されていた議題についてひとつずつ話し合う。

体育館での練習の際の楽器の移動方法についてや、マーチングのステップを一部変更すること、ミタセン不在のなか音楽指導や合奏をどうするのかなど、さまざまなテーマが話し合われた。

「最後になりますが、十月中旬におこなわれる八王子市のイベント『オータムフェア』の演目なんですけど、以下のような構成を考えています」

そう言うと一枚の紙が配られた。そこには「セプテンバー」、「スタジオジブリ名曲集」、「情熱大陸」、「ラプソディー・イン・ブルー」などの曲名が並べられたうえ、簡単なショーの構成が記されている。

「こんな感じでやろうかと思ってます。異論のあるひと、いませんよね？」

合意を取り付けたうえで、会合をお開きにしようとする小早川に対し、

「ちょっと待ってえな。誰がこの曲目決めたん？」

食ってかかったのはフルートのパートリーダー副島奏だった。

「えっ、わたしたちが決めましたけど」

「だから、わたしたちって誰なんよ？」

「わたしと恵那で」

「ふつう、こういうのんは部員たちからアンケートとか取って、みんなの意見を集約したうえで決めるんとちゃうの？」

「もちろん、それが望ましいんでしょうけど時間がないので」

「沙耶とも相談したんよね？」

「鏑木先輩とは話してません」

「そんなん、おかしいやん。マーチングのことはあんたらで決めたことに従うけど、これは吹部の行事やろ。沙耶が中心になって決めることとちゃうのん？」

「でも、今日の会議はまかせたって言われてますし……」

「会議をまかせられたからって、イベントごとの内容まで勝手に決めてええってことはないやんか」

いわば吹部のムードメーカー的な存在であり、明るい関西弁でくだらないことばかりしゃべり続ける陽気な副島とは思えないほどはげしい口調で問いただす。親友である沙耶の不在のなか、勝手に吹部を運営されてはかなわないという思いがあるのだろう。

本来なら副部長である清水真帆が沙耶に代わって部の運営を担っていかなくてはならないはずなのだが、温厚な彼女はみずからみんなを引っ張っていくようなタイプではない。今日の会議にも参加はしているものの、小早川と副島の口論を困惑した顔つきで見守るばかりである。

結局、「オータムフェア」の演目についてはケリがつかぬまま、次回への持ち越し事項となった。


このころより、夜になると頻繁に八幡太一から電話がかかってくるようになった。

「なあ、どうしたらいい？　学校ではひとことも口を利いてくれなくなってんだよ。ちゃんと聞いてるの？」

「ああ、聞いてるよ。聞いてはいるけど、男と女のことをオレにたずねたってしょうがねえだろ。わかるわけないじゃん、そんなの」

オレはヤフー知恵袋じゃねえぞと叫びたかった。

八幡太一は二年フルートの恵那凛とつき合っている。いや、もしかしたらつき合っていたと過去形を使う方がふさわしいのかもしれない。

恵那は小早川聡美と親友の間柄だ。一本気《いっぽんぎ》で思ったことをすぐ口にし、多くの部員とのあいだであつれきを生じさせる小早川のことを案じているらしく、交際相手である八幡に対し、積極的に三年生部員との仲を取り持つようつねづね頼んでいたらしい。

しかし、吹奏楽コンクールの都大会で敗北し、沙耶が不在になると、マーチングの実権を握る小早川・恵那ラインと三年生の沙耶の親友グループとの溝が深まっていった。どうやら恵那は八幡に対し、橋渡しの役割を果たしていないと文句を言い続けているようである。

「今日だって、ミーティングで小早川と副島が言い合ったとき、どうして仲裁に入らなかったのかって問いただされたんだ。オレは三年と二年の板ばさみにあってるわけ。わかるだろ？　つらいんだよ、結構。もうどうにでもしろって感じ」

とめどなく愚痴が続く。

その翌日の電話では開口一番、

「もうオレとアイツはダメになったのかな？」

と問いかけてきたし、さらにその次の日は夜中の二時に着信音が鳴った。

あまりにも腹が立ったので翌日は学校でも無視し続けると、その夜十時にコールがあり、しかたなくでてみると、

「サヨウナラ」

と言うや突然、電話を切られた。

なんでサヨウナラなんだろうと思いながらも放っておくと、二十分後にふたたび着信があり、

「なんで、かけ直してくれなかったの？」

と恨めしそうな声で問いかけてくる。

「おまえの方こそなんでサヨウナラって言ったあとにもう一回、かけてくんだよ。もうとっくにあの世へ行っちゃったのかと思ってたよ」

「冷てーな、西大寺。もっと心配してくれるかと期待してたのに」

「あのな、オレはおまえのなんなんだ？　保護者か？　いい加減にしろ」

「そう言うなよ。不安なんだ。もう恵那と三日も口を利いてないんだよ。もうオレはダメになりそうだ」

「もともとダメなヤツだと思ってたけど」

「西大寺もそのうち後悔する日が来るとおもうよ。『あのときもっと八幡に優しくしときゃよかった』って号泣するに違いないんだから」

「はいはい」

会話の内容といえば、ほぼ恵那の話に終始《しゅうし》する。今回の騒動が起こるまでのハッピーなころの回想からはじまって、ここ最近の冷酷な態度に対する恨み節が延々と続く。聞いているだけでイライラしてくるので、何度も切ろうと試みるのだが、

「そういえば、『ジュピター』の演奏で聞きたいことがあったんだ。あのさ……」

とか、

「受験の準備、進んでる？　ウチの学校から音大なんかめざすヤツいねーから大変なんじゃないの」

などと別の話題を持ち出し、引き延ばしを図ってくる。

「勉強のさまたげになってるのはおまえの電話なんだよ」

大声で文句のひとつも言ってやりたかった。


へんてこな相談を持ちかけてきたのは八幡だけではない。

「西大寺先輩、少しだけお時間をもらえないでしょうか？」

話しかけられたときは正直、驚いた。

鍵盤打楽器を担当する二年生、北川真紀と口を利くのは半年ぶりくらいだろうか。

「ああ、いいけど」

と答えながらもイヤな予感はした。

音楽準備室から離れた、一年生の教室が並ぶ廊下へと移動する。

聞いてみると、八幡と同じく、交際相手である榊甚太郎についてのことだった。

「だいたいなんでオレに恋愛相談とかしてくるわけ。一番適してないっつーの」

そう叫びたい気持ちにかられた。

浅高吹部では小早川や恵那といった二年生のマーチング執行部と、三年生の古参部員とのあいだに深刻なすれ違いが生じている。

しかしパーカッションは金管木管から独立した、いわば離れ小島のような存在であるため、そのようなあつれきは一切ないのだという。

「ウチのパートの場合、榊先輩の存在自体がトラブルの元凶なんですよ」

「その榊とつき合ってんだろ？」

「ええ、まあ、そうなんですけど、もうわたしの手に負えなくなってしまって……」

北川の言うところによると、もともと口べたでコミュニケーション能力の乏しい甚太郎はパーカッションのスキルアップに熱くなるあまり、下級生に対する言葉づかいが厳しくなりがちで、反感を持つ部員が増えてきているのだという。

「これまでは部長さんが榊先輩にうまく話してくれていたので、大事《おおごと》にならずにすんでいたんですけれど……」

「えっ、鏑木が？」

「そうなんです。パート内のもめごとなんかも、鏑木先輩があいだに入ってくれると丸く収まっていたんです。でも、吹奏楽コンクールが終わってから、あんまり親身になってくれなくなっちゃって」

唯我独尊《ゆいがどくそん》でひとの話に耳を傾けない榊甚太郎だが、なぜか沙耶のいうことだけは素直に聞き入れるのだという。

「榊先輩によると、鏑木先輩が吹部へ誘ってくれたそうで、そのことにとっても恩義を感じているみたいなんです」

　そういえば甚太郎は昔のヤクザ映画が好きだとポロッとこぼしていたっけ。たしか「仁義《じんぎ》が大事」とか言ってたはずだ。そんな言葉、いまどき誰も使わねえからビックリしたのを覚えている。そういう義理堅いヤツだから沙耶には頭が上がらないのだろう。

　それにしても、パーカッションでも沙耶の不在によって、人間関係がぎくしゃくしはじめているとは驚いた。

「鏑木先輩がパーカッションに顔をだしてくれなくなってからは、誰の言うことにも耳を傾けなくなってしまって……。なかでもシンバルの曽根さんにはキツく当たるんです。榊先輩は愛情で言っているつもりなんですけれども、本人はそう受け取っていないと思いますし、周囲も当たり散らしているととらえてます」

「うーん、そっかぁ」

「昨日、わたしからも榊先輩に『パーカッションの雰囲気がおかしくなってる』ってさりげなく伝えてみたんです」

「そしたら」

「……」

「どうなったの？」

　いつまで経っても次の言葉が返ってこないので、あらためて北川の顔をのぞきこむと、なんと涙を流しているではないか。

「おい、ど、ど、どうした？」

「ごめんなさい、ごめんなさい」

オレはどうしていいのかわからなくなり、思わず周囲を見まわしてしまう。別に悪いことをしているわけじゃないんだけど、勘違いされてはたまらない。

それにしても、なんでなにも関係ないオレの前で泣くんだよ。

いい加減にしてくれ。

目の前で女性に泣かれたのは生まれて初めてだ。こんな場合、どうすりゃいいんだ。ハンカチとか渡すんだろうか。いや、そんなもん持ってねえ。

「甚太郎には話してみるからさ。大丈夫、あいつだってきっとわかってくれるって」

「はい。ありがとうございます」

そうは言ってみたものの、オレ自身、甚太郎とまともに話したことすらない。はっきり言ってお先真っ暗だった。

吹奏楽コンクールの都大会が終わってから二週間が過ぎた日曜日。部員全員が校庭に集合した。

カモティが口を開く。

「ひさしぶりにマーチングを通しでやってみます。予選のときに比べるとステップがかなり変更されているので気をつけてね」

小早川が続く。

「初出場だからって、でるだけで満足してちゃダメだと思うんです。やっぱりトップをめざして貪欲《どんよく》にやっていきたい。少しでもいいものを作っていきたい。そんな気持ちでやっていけたらと思ってます」

きっぱり言い切った。

「スター・ウォーズ」のファンファーレが鳴り響き、すぐさまスーザのマーチにスイッチ。

あれ、違うぞ。いつもと違うぞ。

部員たちの誰もが感じた。

予選前に追い込んだ曲なので、それなりに演奏はできている。

しかしマーチとしての躍動感がない。跳ねるようなキレがない。からだが音楽に乗っていかない。

足りないのだ。

なにが足りないのか。そう、熱い情熱が足りない。内側からわき出る歓喜がない。ひとのこころを動かすために必要な生命力が音楽のなかに宿っていない。

「音楽さえちゃんとできていれば、ステップなんかあとからついてくる」

いつもミタセンが言っていたことがやっと理解できた。演奏に覇気《はき》がないと、行進もまたパワーをともなわない。ただ単に歩いているにすぎなくなってしまっている。

新しいステップに乱れがあるわけではない。みんなそれなりに基礎練習をこなしてきたので、歩幅や左右の間隔はきっちりと保たれている。

ダメなところはどこなんだ？

楽器に息を吹き込みながらずっと考え続けた。自分のパートの演奏がないときに、さりげなく部員たちの顔色をうかがってみる。

誰もが困惑に満ちた表情だった。

なるほど。

奏者が楽しいと感じていないからマーチ自体も楽しくない。音楽は正直だ。こころの内側が音にそのままあらわれる。

予選ではあれほど奇跡的なマーチングをやってのけた浅高吹部。その絶妙なバランスが崩壊するのはあっと言う間なんだとあらためて感じた。


翌月曜日のパートリーダー会議は前日のマーチングでの大失敗の余韻《よいん》を引きずり、重苦しい雰囲気ではじまった。もちろん沙耶は来ていない。

前回からの持ち越し事項である「オータムフェア」。本来なら演出や舞台構成を考えなくてはならない段階なのだが、いまだに曲目すら決まらない。

自分たちが選んだ曲構成で進めていきたい小早川や恵那たちと、あくまでも民主的な手続きを取るべきだという副島奏ら三年生古参部員たちとの溝は埋まらない。

副部長である清水真帆のとりなしで、なんとか三曲までは決めることができたものの、残りは次回のミーティングでということになった。

すべての議題が出つくし、席を立とうとした矢先の出来事だった。

「あの、もうひとつ提案があります」

手を挙げたのは恵那だった。

「あいかわらず鏑木先輩は体調がよくないみたいで重要な会議にもこられない状態です。そんななか、三田村先生にも見放された浅高吹部は緊急事態に陥ってます。昨日のマーチングがどれだけひどいものだったのか、みなさんわかってると思います」

パーカッションの榊甚太郎が恵那の言葉に大きくうなずいた。ヤツもまた、昨日の演奏には不満を隠せないらしい。

ここで恵那はひと息つく。いったい、なにを言い出すつもりなんだろう。

「鏑木部長が戻ってこられるまで、誰かがリーダーシップを取って運営していかないと、このままではバラバラになってしまうと思うんです。言い方は悪いんですけど、副部長の清水先輩がもっと力強く、みんなを引っ張っていくべきだと思います」

間髪《かんぱつ》を容《い》れず副島奏が、

「あんた、真帆にケンカ売ってるん？」

と声をあげ、立ち上がろうとしたのだが、当の本人である清水真帆が副島を制し、静かにこう言った。

「沙耶が会議に出て来なくなったいま、本来ならわたしがもっとしっかりみんなを導いていかなきゃなんない立場だっていうのはわかってる。そういう役割を果たしてこなかったことはごめんなさい。でも、わたしはひとの上に立てるようなタイプではないの。副部長を引き受けたのはあくまでも沙耶をサポートするつもりだったからで、代わりを務めることは申しわけないけどできません」

清水がこう言うと、恵那はいきなり、

「じゃあ、西大寺先輩が仕切ってください」

と言い出すではないか。

「オレ？　オレ？　オレはカゲながらみんなを支えていくつもりだけど、これから受験とかでいないことも多くなると思うから、あの、えと、引き受けたらかえってみんなに迷惑かけちゃうんじゃないかな」

いきなり話を振られたもんだから、あたふたしながら返答する。

恵那はこういう展開になると予想していたようだった。

「じゃあ、小早川さんが部長代理になるっていうのはどうでしょう？　このまま手を打たずにダラダラと時間だけが経ったら大変なことになってしまいます。強いリーダーシップが必要だと思うんです」

ここで、いったんはおとなしくなっていた副島が反感をあらわにする。

「ちょっとちょっと、沙耶をはずすっていうつもりなん？」

「そんなことは言ってません。あくまでも代理です」

「そんなんしたら、ますます沙耶が戻ってこられなくなるやん。ちょっとはモノを考えてしゃべりぃや」

「じゃあ、このままでいいんですか？　マーチングの全国大会で大恥かいてもいいんですか？」

「いま、ここで小早川さんが部長代理になると決めちゃって、あとで部員たちに報告するつもりなん？」

「提案事項としてみんなに投票してもらっても構いません」

小早川、恵那のラインは一、二年生からは強い信頼を得ている。数の論理でいけば勝てると踏んでいるのだろう。

「そんな大切なことを多数決で決めて、部が一丸となってまとまれるとでも思ってんのん？　これってある種のクーデターとちゃう？　そんなに上に立ちたいん？」

「別に肩書きがほしくて言ってるんじゃないんです。どうやったら吹部がまとまるか、真剣に考えてるだけです」

一触即発《いっしょくそくはつ》の緊迫した空気が部室内を覆う。

結局、この提案も次回へ持ち越しとなる。

話せば話すほど部員たちのこころはバラバラになっていくばかりだった。

坂道を転げ落ちるかのようにまとまりを失っていくわれらが吹部。

見えないところでの沙耶の細やかなこころ配りがあったからこそ、ミタセン、カモティ、そして部員たちはひとつになることができていたのだと、あらためて知る思いだった。オレたちがふたたび一致団結するには、やっぱり沙耶の存在は欠かせない。

このことをどうしても本人に伝えたくなった。

沙耶は部活動が終わるや一目散に家路《いえじ》を急ぐ。

先まわりして、ヤツの自宅ちかくで待ち伏せた。

力なくとぼとぼ歩く姿が目に入る。数週間前まではあれほど快活にみんなを引っ張っていた沙耶だったが、いまや学校を行き来するので精一杯といったようだった。

「ちょっと話があるんだけど、そこまで来てくれるかな？」

家から百メートルほど南大沢《みなみおおさわ》駅に向かって歩くと小さな公園がある。昔、よく一緒に遊んだ場所だった。

ベンチに腰掛けるよううながすが、やんわりと拒まれた。

「話ってなんなのよ」

「いや、あの、最近、パートリーダー会議に出て来てないだろ。えと、だから……」

部活の話を振ると、みるみるうちに顔が曇る。

「ごめんなさい、ダメな部長で。吹部がバラバラなのもすべてわたしのせいなんだよね」

「そんなこと言うつもりじゃねえよ。ただ……」

「みんなに伝えといて。迷惑かけてごめんなさいって。部長の仕事も小早川さんに譲ります」

いらだちを隠そうともせず、強い口調で言ってのける。

オレが話したかったのは、沙耶のカゲながらの努力がいかに吹部にとって大きな意味を持っていたのかということ。そしてヤツが部長としての役割を果たさなくなってからの迷走ぶりを説明したうえ、「やっぱり沙耶の調停能力なくしていまの吹部に未来はない、もう一度、リーダーとして陣頭指揮を執ってくれ」と頼むつもりだった。

でも、話が込み入っていて、うまく言葉で伝えられない。まとめようと思っても、沙耶の言葉が耳に入ってくるや頭が真っ白になってしまう。話せば話すほど泥沼にはまっていく。

「ただ、やっぱりおまえは部長として……」

「これ以上、なにをしろっていうの？　わたしになにができるの？」

「いや、沙耶が思っている以上にウチの吹部は部長としてのおまえを……」

「ちょっと待って。西大寺になにがわかるの？　部長、部長っていうけど、なんにもさせてもらってないのに、責任だけはわたしが取らなきゃなんないの？　ダメなのはわかってる。わかってるから、これ以上、みじめにさせないで。あなたはマーチングリーダーなんだから、そっちの仕事をこなせばいいの。とにかく、わたしのことは放っておいてちょうだい」

そう言い放つと走り去ってしまった。

九

子どものころ好きだったアンパンマン。ピンチになると、「顔がぬれて力がでない」なんて言ってたけど、いまのわたしのような感じじゃないのかな。とにかくからだのなかから力がでてこない。アンパンマンみたいにジャムおじさんがそばにいて、新しい顔を投げて寄越《よこ》してくれればいいのにな。

吹奏楽コンクールの都大会で敗退したときは涙さえでなかったもんだから、そんなにショックを受けているとは思っていなかった。

ところが翌日の月曜日の朝になってみると起きられない。

「おかあさん、おかあさん」

なさけない声量ながらも力の限り叫んでみると、

「沙耶ちゃん、どうしたの？」

飛んできてくれた。

「ベッドからでられない」

「腰でも痛いの？」

「ううん。そんなんじゃない。起きようと思っても起きられないの」

「しんどいんだったら学校休んだら？」

「違うの違うの。自分でもよくわかんないけどからだが動かないの。学校には行きたいのよ」

そんなにしっかり勉強しているわけではないけれど、いちおう進学しようと思っている。ただでさえ受験の準備が遅れているのに、学校の勉強まで落ちこぼれてしまうことは避けなくてはならない。

「じゃあ、ちょっと手伝ってみるね」

おかあさんはわたしの手を引っ張ってからだを起こしてくれた。さらに足を持ってわたしのからだを回転させ、かかとを床に置くと、わきの下に手を差し込み、立ち上がらせる。

すると普通に歩けるではないか。

「ありがとう。からだは重たいけど、なんとか行けそう」

「無理しないでね。でもどうしたのかしら？　どこかおかしいところはないの？　病院に行ってみる？　つきそってもいいわよ」

「自分でもよくわからないけど、大丈夫みたい」

手助けしてもらってようやく制服に着替え、なんとか登校する。

学校でもからだは重かった。同級生と会話することもままならない。話しかけられ、返答するだけで精一杯。

その日は、部活を終えて帰宅するとそのままベッドに倒れ込んでしまった。

「晩ご飯どうするの？」

「食欲ないんだ」

「そうなの。冷蔵庫に入れておくからお腹が空いたら温めてね」

「うん」

そんな会話が終わるやいなや睡魔《すいま》に襲われる。

翌朝もまたベッドのなかから声を上げた。

やっぱりからだが動かない。

おかあさんに起こしてもらうと、あとはなんとか日常生活をこなすことができる。

「霊に取りつかれて金縛《かなしば》りにでも遭ってるのかしら」

冗談めかして言ってみたのだが笑ってくれない。

「本当におかしいわね。どこも痛いところはないんでしょ？」

「うん」

「内臓のどこかがやられてるのかな？」

「そんなんじゃないと思うんだけど……」

「精神的なものから来ているのかしら」

「そうかもね」

こころに原因があるのかもと言われると、思いあたる節《ふし》はあり過ぎる。

なんだかんだ言って、大磯渚との仲違《なかたが》いのダメージは大きい。同じ部活で過ごしながらも、なんとなくおたがいちかくに寄らないよう気を遣っている。目を合わせることもない。とはいえ、ニアミスしてしまうことはあって、先日も階段を駆け上がり、角を曲がったところでバッタリ出くわしてしまい、気まずい思いをしたものだ。

西大寺のこともストレスの一因なんだろう。

頭のなかからぬぐい去ろうとしても、小早川さんのうえに覆いかぶさったままこちらを振り向く姿がスローモーションのようによみがえってくる。

吹奏楽コンクールの都大会が終わるまでは、そんなに気にしていなかったはずなのに、ここ最近何度も思い返すようになっていた。自分自身、こんなにネチっこい性格だとは思ってもみなかった。

いらだちの対象が西大寺なのか、それとも小早川さんなのかはわからない。ただただ黒いオリのようなものがこころの奥に沈殿していて、ぬぐい去ることができないのである。

くわえて進路も悩みの種だった。

「真帆は志望校、決まったの？」

「うーん、いちおう東西《とうざい》大学めざしてるよ。でも大学はともかく、商学部に入りたいっていう気持ちのほうが強いんだ」

「将来のこととかを考えてってこと？」

「うん。まだはっきりとはわからないけど、公認会計士とかの資格にチャレンジしようと思ってるのよ。沙耶は？」

「ううん、全然。大学は受けるつもりだけど、学校も学部も決められなくて……」

「だったら、つぶしのききそうなとこにしとけばいいんじゃないの。なにになりたいかなんて、入ってからゆっくり考えればいいじゃん」

「そんなのでいいのかしら？」

「いいのいいの。わたしだって、取りあえずはそうしようと思ってるだけで、入学してから変更する可能性だってあるわけだし……。あとでやりたいことが見つかれば、大学を受け直すことだってできるでしょ」

「うん、そうかもね」

真帆はこんな風に言ってくれたけど、進路すら決められない劣等感をぬぐい去ることができない。

九月に入ると、クラスのなかでも指定校推薦やAO入試で早々《はやばや》と進学先を決める友だちが出て来た。

「おめでとう」

と声をかけつつも、こころから喜んであげられない。なにか焦りにちかいものを感じてしまう。こころの狭い自分がいやだった。

そんななか、浅高吹部は吹奏楽コンクールの都大会で敗退してしまった。ミタセンとカモティのあいだでそれなりにがんばってきたつもりなんだけど、なにも報われなかったと思うと、いままでの人生で感じたことのないほどの虚脱感に襲われた。

こころが折れるってこういうことなのかな。

あいかわらず朝はベッドから抜け出せない。

「休みたかったら休んでいいのよ」と言ってくれるおかあさんの助けを借り、かろうじて授業と部活だけをこなす日々が続く。

おかあさんはあえてわたしのこころのなかに踏み込んでこない。

学校に行けるよう、最低限の手伝いをしてくれるのみである。

高校に入ったころまではなんでも話し合える友だちのような関係だったので物足りない気もするけれど、わたしの目下《もっか》の悩みについて根掘り葉掘りたずねられたら、それはそれで一層いらだちがつのったのかもしれない。いまは適度な距離がありがたかった。


抜け殻のようになりながらも、なんとか歯を食いしばって通学していた九月下旬のある日のこと。帰宅途中に西大寺から呼びとめられた。

家がちかいので別段、驚くことではない。

ただ、ぼんやり歩いていたこともあり、心底ビックリしてしまう。できれば断りたかったのだが、拒絶する体力すら残っていなかった。

「話ってなんなのよ」

つっけんどんに問いかける。

西大寺は、

「いや、あの、最近、パートリーダー会議に出て来てないだろ。えと、だから……」

その優しい口調から心配してくれているのは伝わってきた。でも部活での役割をしっかり果たしていないと言われているようにも感じられ、カチンときてしまう。「学校への行き帰りだけで精一杯なのになんでいちいちそんなこと聞いてくるのよ」との思いから、

「ごめんなさい、ダメな部長で。吹部がバラバラなのもすべてわたしのせいなんだよね」

と突っかかってしまったうえ、

「みんなに伝えといて。迷惑かけてごめんなさいって。部長の仕事も小早川さんに譲ります」

たたみかけてしまった。

「部長をやめる」だなんて、どうして思ってもいないことを口走ったのだろう。自分がなにを話しているのかよくわからない。

「いや、沙耶が思っている以上にウチの吹部は部長としてのおまえを……」

悪く言うつもりなどないのはわかっていた。でもいまのわたしのこころは部のリーダーシップについて触れられることに耐えられない。

「ちょっと待って。西大寺になにがわかるの？」

思わず叫んでしまった。

自分の思いとは裏腹の言葉が次から次へとこぼれ出る。

「とにかく、わたしのことは放っておいてちょうだい」

最後にこう言い放つと思わず駆け出した。

どうしてこんなことになっちゃったんだろう。どうしてあんなこと言ってしまったのだろう。西大寺が話しかけてくれてうれしかったはずなのに。本当は話を聞いてほしかったはずなのに。

自己嫌悪にうちひしがれながら自宅へと急ぐ。

玄関を開けるとおかあさんも帰ったばかりのようだった。

すさんだ表情をしているに違いないので、顔を見られぬよう下を向いたまま足ばやに廊下を進むと、

「沙耶ちゃん、聞いて、おとうさんが帰国するんだって」

明るい声が背後から届く。

予想もしない言葉だったので、思わず振り返り、

「えっ、本当なの？」

大きな声で問い返してしまう。

「うん、こっちで大きな展覧会をやるんだって。準備もあるから再来月には戻ってくるって言ってたわ」

わたしの家族、とりわけおとうさんのことをほかのひとに説明するのは難しいかもしれない。いちおう同じ戸籍に入っているんだけど、ほとんど一緒に暮らしたことはなく、現在はノルウェーで絵描きとして活動している。

「そうなんだ」

「なんでもかんでも突然だから、毎度のことだけど驚かされることばかりよね、あのひとには」

「ほんとだね」

なんとなくだけどおかあさんは浮き立っているように見えた。なんだかんだ言いながらもおとうさんのことが好きなんだな、とあらためて実感する。

「再来月に帰ってくるんだったらマーチングの全国大会、観に来てもらえるかもしれないね」

「うーん、それはちょっと……。悲惨なできばえになりそうだから、観てほしくないような気もするわ」

「いいじゃない。ヘタでも思いっきりやっちゃえば。でられただけ儲《もう》けものだと思っときゃいいのよ」

「そういう考え方があるのかもしれないけど、でるからにはしっかりしたものを見せないと、予選で敗退した学校に申しわけないでしょ」

「それもそうね」

　おとうさんの話題がキッカケとなって部活について触れることができ、少し楽になる。

「おとうさんとは連絡取り合ってるの？」

「しょっちゅうってわけじゃないけどね。時差もあるからメールが多いかな」

「ふーん。そうなんだ」

「今回はね、ちょっとおとうさんに助けてもらっちゃったんだ」

「えっ、どういうこと？」

「うーん、またいつかちゃんと話すけど仕事のことでね。今度だけは助かったのよ」

「えー、なになに？　大切なところをはぐらかさないでよ」

「そうね。そのうちね」

　ニヤニヤ笑いながらも、なかなか口を割ってくれない。

　気になる。

　翌日、淳子叔母《じゅんこおば》さんに電話して、単刀直入《たんとうちょくにゅう》に聞いてみた。

「なるほどね。姉ちゃんがそんなこと言ってたんだ」

「そうなの。でも肝心の助けてもらった内容については話してくれないんだ」

　淳子叔母さんは非常勤だけど、おかあさんの化粧品販売代理店の経理を手伝ってくれている。なにか知っているのではないかと思ったのだ。

「わたしの口から言っちゃってもいいのかな。うーんとね、このところ、ちょっと会社が大変だったのよ」

「えっ？　大変って？」

「資金繰りよ。要はお金のこと。大口の取引先がつぶれちゃって売り掛け金が焦げついたの。銀行はおいそれと貸してくれないし、従業員のお給料とか仕入れのお金とかが足りなくなって……」

淳子叔母さんから聞いた話は衝撃だった。おかあさんはここ数ヵ月、傾いた会社を立て直すため、お金集めに走りまわっていたのだという。

「知らなかった……」

「そうなんだ。さすがは姉ちゃんだね。一時は食欲もなくなって、見ているほうが心配したくらいなんだから。会社をたたむ瀬戸際までいったんだよ」

「……」

「そんなとき、ノルウェーにいる純一郎《じゅんいちろう》さんと電話で話したらしいのよ。驚いたのなんのって、その翌日にビックリするくらいの大金が振り込まれてきたの」

「えっ、おとうさんから？」

「そうなのよ。向こうで有名な賞を取ってから、絵が売れるようになったんだって。まったくあてにしてないところから助けられたもんだから仰天したわよ。姉ちゃんは電話で『あなたのやったことがすべて帳消しになるなんて思わないでよ』なんて言ってたけどね」

およそ金銭とは縁のない生活を続けてきたおとうさんからの援助で経営危機を乗り切

ったという話は、驚きだった。

でも会社を維持し、従業員の賃金を払うため、おかあさんが悪戦苦闘していたという事実のほうに打ちのめされた。

わたしはわたしのことで精一杯だった。

まったく気づかなかった。

おかあさんはいつもと変わることなく優しくわたしに接してくれていた。綱渡りの経営が続いていたことなどおくびにもださずに……。

これがリーダーというもののありかたなのか。

おかあさんは背中でなにかを教えてくれているのかもしれない。

ミタセンが姿をあらわさなくなってから三週間。浅高吹部のモチベーションは低いまだった。音楽面での進歩がないのはもちろんのこと、それにつられてなのか、マーチングのほうも切れ味を失っている。

なんとかしたい。なんとかしなきゃと思いつつも、部活に出て来て音をだし、自分のパートの下級生の指導をするだけでいっぱいいっぱいだった。

申しわけなさから、より一層気持ちが落ちてしまう。

西大寺と顔を合わせるのもつらかった。

あいつはわたしや部活のためを思って声をかけてくれたのに、あんな言葉を投げかけたままになっている。どこかで謝らなきゃと思っているんだけど、なかなかチャンスに恵まれない。

わたしのことを嫌いになってもしかたないはずなのだが、なぜだか最近、よく目が合う。しかもわたしを見つめる視線が優しいように感じるのだ。いったいどういうことなのだろう。かえってどぎまぎしてしまう。

「沙耶ちん、ちょっといいかな」

副部長の清水真帆が声をかけてきた。

「うん、いいよ。どうしたの？」

「あのさ、この娘《こ》が使ってるB♭《べー》クラリネット《クラ》のEの音がでないのよ。予備があとひとつしかないから修理急いだほうがいいんじゃないかと思って」

「見せてみて。うーん、ホントだね。タンポも替えなきゃダメみたい」

「いまから辰吉楽器に行ってもらってもいいかな？」

「うん、わかった」

楽器を預かると、そのまま駅に向かう。

部のために働いているわけだし、みんなと顔を合わせなくてすむので、外出はいまのわたしにとってありがたい。

辰吉さんの営む楽器店で用向きをすませ、八王子駅へと向かう道すがら、

「沙耶、沙耶ちゃんでしょ？」

背後から呼びとめられた。

振り返るとそこには長渕詩織先輩と加藤蘭先輩の姿が。

なんとなく「会いたいな」と思っていたところだっただけに、

「先輩、おひさしぶりです……でもなかったでしたっけ？」

声を張り上げてしまう。

「二ヵ月ぶりくらいかな。ちょっとだけお茶しよっか？　そんなに時間とらせないから」

「はい」

駅ビルのなかの喫茶店に入る。

それにしてもあいかわらずファッションの方向性が違いすぎるふたり。詩織先輩は濃いめのジーンズにチェックのボタンダウンをあわせ、袖革のスタジアムジャンパーをはおるというカジュアルないでたち。一方の蘭先輩は縦じまの入った濃いグレーのスーツ姿だった。

聞いてほしいことがいっぱいあったはずなんだけど、顔を見ているだけで十分なような気がしてきた。自分には受け入れてくれるひとがいる。そう思えるだけでありがたかった。

なんだかフワフワとしていて、話しているより、笑顔で話すふたりの表情を見ていることが心地よい。

結局、昔話に花を咲かせるにとどまり、吹部の現状についてはなにも話さず、席を立つことになった。

「沙耶は学校へ戻るんだろ？」

「はい」

「じゃあ、送ってくよ」

「えっ、送るって？」

「先月、営業になったから車なんだ。これでもいちおう仕事中だぜ」

「お仕事中だったんですね。気づかずすいません」

「いいんだよ。ちょうどあっちのほうの取引先に行く用事もあることだし」

詩織先輩と別れ、駐車場で蘭先輩の軽自動車に乗り込む。

「これ、ウチの会社の試供品パックなんだ。沙耶はまだ化粧とかしねえのかもしれないけど、よかったら持って帰って」

「ありがとうございます」

卒業してから半年あまり。社会でバリバリ働く蘭先輩は本当におとなっぽく見えた。唇に引かれた薄いルージュ、きれいにセットされた長い髪、エンジンをかける仕草、サイドブレーキを引く動作、なにもかもがカッコイイ。

「蘭先輩、本当にきれいになりました。ひとってこんなに変わるんですね。浅高にいたときから素敵だったけど、雰囲気も変わって別人みたいです」

「そんなこと言うけど沙耶だって変わったよ」

「わたしは全然です」

「いや、変わった変わった。自分で気づいてないだけだよ」

「そうですかね」

「なにもかもだよ。たとえば視線の配りかた。沙耶はひとの目を見て話せなかっただろ。話しかただって、もっとおどおどしてたしさ。いまは誰とでも物おじせずに話せてる」

「自分ではわからないんですけど……」

「やっぱり場所がひとを変えていくってあると思うんだよな。ウチだっていまの会社でひとにもまれる場所があるから、いろいろ学べてる。沙耶なんかあれだけ大きな所帯のリーダーっていうポジションで苦労しているからこそ鍛えられてるんだと思うよ」

「……」

最近、部長の仕事をまっとうできていないので、胸を張ることはできない。でも、少なくともいままでやってきたことを肯定してもらっているようなのはうれしかった。

「つらいとは思うけど、そんな場所を与えられたことには感謝してもいいんじゃねえかな」

「感謝ですか……。なかなかそんな境地《きょうち》にはなれないかな」

「きっとそう思う日がくるよ。必ずくるから」

車の窓に八王子の街並みが流れていく。

小さな空き地に咲き誇るコスモスが目に入ってきた。夏が終わっていたんだと気づく。こんな風に景色に目をやることすらひさしぶりのような気がする。知らないうちに視野が狭くなっていたのかもしれない。

「そうそう。言うの忘れてた。詩織と一緒に大阪城ホールへ行くことにしたんだ」

「えっ、きてくれるんですか」

「会社の休みは取ったし、ホテルも予約してあるよ」

「あこがれの先輩たちがきてくれるんなら百人力です」

「ウチはあんまり旅行とかしたことないから、考えるだけでウキウキしてくる。遠足前の小学生みたいに楽しみでしかたねーんだ。本場のタコ焼きとかも喰《く》いてーしな」

運転する蘭先輩の横顔に視線を送ると、ほがらかな笑みを浮かべていた。

このひとたちの期待をうらぎることはできない。全国大会でぶざまな姿をみせることはできない。そんなふうに思った。

大きな交差点の信号にかかりブレーキを踏んだ蘭先輩は、わたしの顔をまじまじとのぞき込み、こう言った。

「さっき、あこがれって言ってくれただろ。それを言うなら浅高吹部の後輩たちはウチらのあこがれなんだ。いつも詩織とそんなこと話してる。うらやましい。そして本当に頼もしい。だってウチらの手の届かなかった全国の舞台に立てるんだぜ。あこがれるよ。自分もそこにいる。気持ちだけでも後輩たちと一緒にいる。そんなふうに感じながら応援するんじゃないかな。いやー、いいよなー。代わってほしいよ、ホントに」

わたしたちはわたしたちだけの力で全国大会に行くんじゃない。いろんなひとの想いを背負って舞台に立つんだとあらためて知らされた。

「さあ、着いたよ」

そう言われて窓に視線を送ると浅高の正門が目に入ってくる。あっと言う間に終わってしまったドライブがなんだか名残惜しい。

「あのさ、言おうか言うまいか迷ってたんだけど、告白しちゃうな。今日、ウチらと沙耶は駅前で偶然出会ったわけじゃねーんだよ」

「えっ、どういうことですか？」

「清水と副島から連絡があったんだ。『沙耶が辰吉楽器に行くから、もし時間が空いてたら声をかけてほしい』ってさ」

「え、真帆と奏がですか？」

「うん。たまたまウチらふたりとも時間があったから待ち伏せしてたってわけ」

「……」

「いい友だち持って沙耶は幸せだよ。ウチらもかわいい後輩がいっぱいいてホントに幸せだわ」

学校に戻るとすでに五時半を過ぎていたので、部員たちは帰り支度《じたく》をしているところだった。

わたしは部長としては失格なのかもしれない。でも一部員としてなにか部のためにできることがあるはずだ。

音楽室のゴミを拾い、ミタセンのいない音楽準備室の掃除をはじめた。

下校時刻がちかづいてきたので、戸締まりの確認のため体育館へ行ってみる。今日はパーカッションだけがここでマーチの練習をする予定になっていたのだが、すでに下校したようだった。

体育館入り口脇のコンクリート敷きの狭いスペースに立つ人影が目に入ってきた。薄暗いのでよく見えないけど、どうやらひとりらしい。

近寄ってみると小早川さんがバトンの練習をしているところだった。

背を向けているせいかわたしのことには気づかず、ひたすらバトンをまわしている。手足が長く、そのうえからだも柔らかい小早川さん。同性のわたしから見ても、優美でしなやかな動きに魅せられる。ぶれない腰の位置、ピンと張った胸から足もとまでのきれいなライン、凛《りん》としたアゴ。一瞬の静止の際の、からだからみなぎる緊迫感はバレエなどの基礎的な素養からくるものなのだろう。

思わず立ちどまり、見とれてしまう。

背中に沿ってクルッとまわって戻ってくるバトン。まるで小早川さんから生命を与えられたかのようである。空中を跳ねるときはかかとが頭につくほど伸びやかに両足がひらき、ときに一回転二回転と体操選手顔負けの柔軟さでからだをまわす。ステップは曲に彩りを添えるかのように軽やかだ。

あっ。

思わず息をのむ。

小早川さんがバトンを落としてしまった。引き込まれていたため、こちらも胸を突かれてしまう。

少し前の動作に戻り、スピードを落としておさらいをする小早川さん。やはり同じところでバトンを落とす。なんども繰り返したあと、深くうなだれ、その場に座り込んでしまう。

その姿はとても落ち込んでいるように見えた。

思わずからだが動く。

気がつくと小早川さんのもとに駆けていた。

「すごい。ホントにすごいわ。振りつけはひとりで考えたの？　めちゃくちゃカッコイイよ。予選のときと大きく変えるんだね。あとひと息じゃん」

とにもかくにも自分の感動を伝えたかった。

ぽかんとしたままの小早川さん。ようやく口を開く。

「見てたんですか？」

「うん、見てた。小早川さんって本当にからだが柔らかいんだね。頭のてっぺんからつま先まで全部きれい。バトンさばきもずば抜けてるし、嘉門先生がドラムメジャーに選んだ理由がわかったの。あなたしかできないもん。しかもひとり隠れてこんなに練習してたなんて、すごいよ」

小早川さんは心底驚いた様子でまじまじとわたしの顔を見つめた。

そして、一度視線を落としたあと、ふたたび真っ直ぐにわたしの目を見つめ、

「怖いんです」

と口走る。

「えっ？」

「怖いんです。いろいろ……。バトンを落としちゃったらどうしようとか、リズム間違えたらどうしようとか」

意外な返事に言葉を失う。

「吹部のマーチングはやればやるほどバラバラになってます。全部わたしのせいなんです」

「そんなこと……」

「先輩たちからはカウントが聞こえにくいとか、テンポが速すぎるとかいろいろ言われてます。一生懸命やってるんですけど……」

小早川さんの目から一筋の涙が落ちた。

「あなたのせいじゃないわ」

「わかってるんです。わたし、三年の先輩たちから嫌われてるって。恵那からも言い方がキツすぎるって怒られるんですけど、なかなか自分の気持ちがうまく伝えられない。やればやるほど空まわり。わたしには無理だったんです。ドラムメジャーなんて無理だったんです。多くのひとをまとめていくなんて無理なんです」

こんなに思い詰めているとは思ってもみなかった。

こんなにもつらい思いを抱いていたとは知らなかった。

もっと早く気づくべきだった。

わたしがミタセンに部長を押しつけられ、部の運営に悪戦苦闘していた去年のことを思い出す。

木管と金管が衝突し、いったんはバラバラになった浅高吹部。途方《とほう》に暮れていたわたしを支えてくれたのは先輩たちだった。

いつも笑顔で受けとめてくれた先輩たちがいなかったら、いまのわたしはいない。

そして、今度はわたしが先輩たちから受け継いだものを後輩たちに手渡す立場になった。なんとしてもこの後輩をもり立てていかなくてはならない。絶対に傷つけないようにしなきゃなんない。

いままでは部長という肩書きにこだわりすぎていた。みんなの前に立って引っ張っていくことだけが部長の仕事ではないはず。誰も見ていないところで支える部長がいたって、役に立つならそれでいい。できることを精一杯やればいい。

いまこの部活でやらなくてはならないこと、本当にやりたいことがハッキリと見えてくる。

わたしはわたしのからだの奥のほうからふたたび力が湧いてくるのを感じた。

小早川さんの肩を両手でつかむ。

「大丈夫よ。あなたは絶対に大丈夫。気づいてあげるのが遅くなってごめんなさい。でも、浅高吹部のドラムメジャーはあなたしかいないの。あなたの代わりはいないの。だから自信を持って。三年生のことならまかせてね。嫌われてるわけじゃないから安心して。ただ単に誤解が積み重なってるだけ。浅川高校のマーチングを引っ張っていくのはあなたなんだから、必ず言うことをきかせてみせるわ。自分たちにとって恥ずかしくないマーチングを一緒に作りましょう」

「ありがとうございます。おねがいします」

小早川さんが大きく目を見開いて両手を差し出してきたので、しっかと握りしめる。

「あとはミタセンだけだね」

「はい」

「力を貸してね」

「もちろんです」

十

ここ数日、鳴ることのなかったオレの携帯が音を立てる。

誰なんだよ、まったく。

うたた寝の最中の着信音にいらつく。

のっそりとベッドから起き上がり、机の上のスマホを手に取ると、沙耶からだったもんだから仰天《ぎょうてん》した。

どうしよう。

ごくたまにメッセージのやりとりをすることはあったものの、最近は途絶えがちだったし、直電なんてもらったことがあったかどうかすら思い出せない。

一瞬、ためらったものの、切れてしまうことが怖くてすぐさま通話ボタンを押す。

「もしもし」

緊張のあまり、第一声はでんぐり返っていた。

「あっ、西大寺？　ちょっといいかな？」

「ああ」

なんだか妙に明るい声だったのでさらにビックリ。

「悪いんだけど明日《あした》の午前中とか空いてる？」

明日《あす》は日曜日。午後に部活があるので朝からの時間は受験勉強にあてようと思っていたのだが、

「おう、空いてるけど」

と即答した。

「じゃあ、九時にJR八王子駅前に来て」

「うん。わかった。で、なんなの？」

「詳しくは会ってから話す。じゃあ、よろしくね」

あっという間に切られてしまう。

しばらく立ちつくす。数多くのクエスチョンマークが頭のなかで乱舞した。

ここんとこ、まともに目すら合わせてくれなかったのに、いきなり電話をかけてくるなんて、いったいどういう風の吹き回しなんだ？　しかも有無を言わさぬ力強い口調。先日までのふぬけた沙耶とは思えない。そもそもなんの用事なんだろう？

思わず鏡をのぞき込む。

散髪しときゃよかったな。しかもアゴのあたりに吹き出物ができている。つぶしたほうがいいのだろうか。でもでっかいかさぶたがあったらそれはそれでみっともない。

服はどうする？　いや、ユニクロしか持ってない。だいたいどれくらいの時間がかかるのかも聞いてねえ。そのまま部活にでるんだったら制服で行かなきゃなんないし……。

机に座ってみたものの、妄想が妄想を呼び、勉強が手につかない。

結局、学校指定のブレザーを着込み、指示された時間に行くと、沙耶はすでに到着していた。

「おう」

「おはよう。ごめんね、急に呼び出したりして」

「で、どういうこと？」

「あっ、ちょっと待ってね。あとひとりくるから」

てっきりふたりきりだと思っていたもんだから、ここだけの話、すげーショックだった。オレはいったいなにを期待してたんだろう。

「きたきた、こっちこっち」

沙耶が手を振るほうを振り返ってさらに驚く。小走りにこちらへ向かってくるのは小早川ではないか。

「おはようございます」

「おはよう。じゃあ、行こっか」

ふたり並んで歩き出したので、しかたなくあとをついていく。沙耶にいろいろ聞きたいことはあるのだが、小早川とペチャクチャしゃべっていて会話に入っていけない。

だいたいなんでこいつらが仲良く話をしているのか、ということからしてよくわからない。

駅の北口からバスに乗り込んだ。

沙耶たちが八王子郵便局で降りようとするので、あわててあとを追う。

この時点で、どこへ向かっているのかだいたい見当がついてきた。

「ゆっくりお話ししたことがないので、ちょっと緊張します」

「大丈夫大丈夫。よくしゃべってくれるから心配しないで」

浅川を背にして小高い丘をのぼっていく。

ひさしぶりに訪れたお屋敷。やっぱりでかい。いかにも豪邸というたたずまいの洋館の呼び鈴を押すと、

「お待ちしてたのよ。入って入って」

インターフォンから甲高い声が届くや、巨大な扉は自動的に動き出す。

植え込みや噴水を通り抜けると、

「いらっしゃい。鏑木さん、西大寺くん。あなたは、そう、ドラムメジャーの小早川さんね」

出迎えてくれたミタセン母は、首のあたりにフランシスコ・ザビエルが着ていたようなフリルのついた洋服をまとっていた。

「おじゃまします」

執事さんに応接間へと案内される。

「いつもアキちゃんがお世話になってます」

そうだった。ミタセンはここではアキちゃんと呼ばれているのである。

アキバのメイド服みたいなのを着たお手伝いさんが白い陶器で紅茶を注いでくれた。かたわらの皿にはマカロンが載っている。

「召し上がってね。あっ、アール・グレイの匂いがきつ過ぎるんだったら、淹《い》れ直すからおっしゃって」

紅茶なんか真剣に味わったことなかったんだけど、濃密な芳香と心地よい苦みに衝撃を受けた。

「昨日、お電話が鳴ったとき、取る前から鏑木さんだってわかったのよ。そろそろだと思ってたわ」

あいかわらず不思議なことを言う。

「で、アキちゃんのことよね。いつもごめんなさい、迷惑ばかりかけて。どっちが生徒なんだかわからないわよね。おっほっほっほ」

笑うとこじゃないと思うんだけど、取りあえず愛想笑いを浮かべておく。

「学校にはいらしていて、授業もちゃんとこなしてるんですけど、放課後になると一目《いちもく》散《さん》に下校してしまうらしく、話し合いすらできていないんです」

沙耶が口を切ると、小早川がつなぐ。

「三田村先生が顔をださなくなってから、浅高吹部のマーチングは壊滅状態なんです。戻ってきてもらわないと、わたしたちに未来はありません」

にこやかに話を聞いていたミタセンのおかあさん。

「そんなことを言ってくださる生徒さんがいてくれるなんて、アキちゃんは幸せ者だわ。本当にありがとうね」

静かに頭を下げる。

「お家《うち》での先生はどんな様子なんですか？」

単刀直入に沙耶が切り込んだ。

「そうね、いてもたってもいられないって感じかしら？」

「というと？」

三人とも身を乗り出す。

「マーチングをやりたくてやりたくてしかたないってことなのよ」

しばし沈黙。

「アキちゃんはもともとマーチング、やってたから」

さらなる衝撃がわれわれを包む。そんなことひとことも聞いてない。

「まあ、挫《ざ》折《せつ》したんだけどね。高校生のときだったかしら」

「ステップが苦手だったとかですか？」

小早川がたたみかける。

「うーんと、そうじゃなくって、右と左をよく間違えるのよね。すぐにみんなと反対の方向に歩き出しちゃうもんだから……」

ステップ以前の問題だ。

「ほかのひととの距離感もつかめなくて、すぐにぶつかっちゃうの」

そりゃあ、ダメだろう。

「『お部屋のおかたづけのできない子にマーチングは無理だ』って言われて、一時は整理整頓《せいとん》に取り組んでたんだけど、そっちのほうもすぐに挫折しちゃってね」

なにごともひとには向き不向きがある。

「いずれ浅川高校でもマーチングをはじめるつもりだったようなんだけど、自分の予想より早くやることになったみたいでね。しかも、ほかの先生が指導することになって複雑な気持ちだったんじゃないかしら」

おかあさんはそう言うと立ち上がって、奥の戸棚からノートの束を取り出した。

「アキちゃんがつけてる帳面なの。これに目を通してもらうほうが早いと思うわ」

三人とも迷わず手を伸ばす。

日付順に書かれたノートはとにかく細かかった。マーチングをはじめてからの浅高吹部の歩みが、これを読むだけで一目瞭然《いちもくりょうぜん》である。

双眼鏡でわれわれの様子を観察しながら感じたことを記録し続けていたのだろう。音楽面だけでなく、細密なイラストによるドリルについての考察やアイデアもしるされていた。挫折したとはいえ経験者だけあってマーチングに対する知見も底知れない。

意外に思ったのはカモティについてほめてあったこと。ドリルのステップ指導については明らかに一目《いちもく》を置いているようである。「一緒になって教えれば無敵だ」とも書いてあった。そんな気持ちを持っていたのならどうして素直に言わなかったのか。まあミタセンらしいといえば、それまでなんだが……。

鏑木のチューバが勢いを失っていく様子もしっかりとフォローされており、オレのトロンボーンに迷いが感じられるとも記されていた。音を通じて精神分析までやってのける鋭さは健在だった。

「とにかくみなさんと一緒にやりたくてしかたなかったみたいでね。自分の部屋でもドリルの練習をしていたのよ」

「えっ、部屋でですか？」

「そうよ。いつも上からドタドタという音が聞こえてきましたわ。それが証拠に、ほら、こんなものも転がってましたのよ」

ミタセンのおかあさんは履きつぶされてボロボロになったマーチングシューズを掲げて見せた。

部屋に閉じこもって「おひとり様マーチング」をやっていたとは……。

もはや笑いを通り越してあぜんとするしかない。

それにしてもおかしい。

ノートには日ごと、吹部がどのような音を奏でているのか微に入り細に入り書きこまれていた。しかも吹奏楽コンクールの都大会で敗退したあとの記述も変わらず詳細なのである。

ミタセンは九月十日以降、部活に姿をあらわしていなかったはず。

なんでこんなに細かいことまで知っているのだろう。スパイが潜入しているのだろうか。いや、誰かが教えたくらいでここまでリアルに吹部の状況を把握できるわけがない。記述を読むと、まるで練習に立ち会っていたかのようである。いくら天才だとはいえ、見聞きせずにわかるはずはないのだが。

三人ともが思っていたことを、小早川が問いかける。

「あの、どうして三田村先生は最近の吹部の様子についても詳しく知ってらっしゃるのでしょうか？」

「ああ、それは疑問に思われても当然よね。アキちゃんはすべて聴いているのよ」

「なにをですか？」

「練習の一部始終《いちぶしじゅう》をね。録音もしてるみたいだし」

もしかしてもしかすると、盗聴していたのか。いや、そうなのだ。ミタセンのおかあさんはそう言っているのである。

そのストーカー気質が怖い。教育委員会に知られたら大事《おおごと》だ。

「みなさんのことが好きで好きでしかたないのよね、本当に」

そのひとことですませていいのだろうか。

「先生はお部屋にいらっしゃるんですか？」

沙耶がたずねた。

「そうよ。行ってみますか？」

「はい」

応接間をでると長い廊下と広い階段を通って二階へと上がる。邸内探索がはじめての小早川は、物珍しげに周囲を見まわしている。

ドアの前には輪島塗《わじまぬり》らしいトレイにのった銀と白磁の食器セットが置かれていた。

「朝ごはんは食べたみたいね。食欲はずっと旺盛《おうせい》なのよ」

近寄ってみると室内から音楽が洩れてくる。

いったいなにを聴いているんだろう。耳を澄ませた。

「あっ」

三人が目を合わせる。

「『枯葉《かれは》』じゃん」

思わず口走ってしまった。戦後シャンソンの代表的楽曲にしてジャズのスタンダードナンバー。吹奏楽ではアルフレッド・リードの編曲版が有名だ。

「この曲を聴いているということは、もしかして……」

小早川がつぶやく。

続いて流れてきたのは「ムーンライト・セレナーデ」。言わずと知れたグレン・ミラーの名曲である。

「やっぱり」

一週間後に迫った八王子市主催「オータムフェア」で演奏する曲目だったのだ。

ミタセンも参加したいに違いない。

われわれは必死になって笑いをこらえた。

「せっかくだから声をかけてみましょうか？」

ミタセンのおかあさんが気遣ってくれたのだが、

「大丈夫です。今日はこのまま退散したいので」

沙耶がそう言うと、みなは抜き足差し足でその場から応接間へ戻った。

「このノートをお借りしてもいいでしょうか？　部員たちにも見せたいです」

「マーチングのレベルアップのためにも役に立つと思うんです」

沙耶と小早川が頼み込むと、

「どうぞどうぞ、持って帰ってくださいな。少しでもお役に立つんだったら、あの子にとっても本望《ほんもう》だと思うわ」

「それと、わたしたちがここへ来たことは内緒にしておいてほしいんです」

「大丈夫よ。勘の鈍い子だからまったく気づいていないと思うわ」

そう言うと、

「あの子のことはわたしなんかよりも、みなさんのほうがよくわかってるわよ。あなたがたにおまかせすればすべてうまくいくの。間違いないわ。これも神様の思《おぼ》し召しね」

玄関まで見送ってくれたミタセンのおかあさん。坂を下りていくオレたちにいつまでも頭を下げ続けた。

午後一時からパートごとに分かれて練習するはずだったのだが、予定を変更して全体ミーティングを行った。

集合場所にはいつもの音楽室や体育館を使わず、あえて空いている教室を指定した。ミタセンに盗み聞きされたくなかったからである。

さっそく預かってきたノートを見せると、部員たちは奪い合うように目を通す。

カモティも興奮気味だった。

「わたしのことを悪く思ってないみたいでホッとしたわ。こうなったらなんとしても三田村先生に戻ってきてもらわなきゃ」

「アイデアがあるんです。三田村先生の家をでてから部長と西大寺先輩と三人で考えました。聞いてください」

小早川が話しはじめるとみんなは身を乗り出した。

「それ、おもしれぇ」

「やろうやろう。きっとうまくいくって」

「なんかワクワクしてきたわ」

額をつき合わせ、作戦の細部を練っていく。

沙耶は「オータムフェア」の実行委員を務める辰吉さんにも連絡を入れておいたとい

う。事情を話したうえ協力を依頼すると、二つ返事で承諾してくれたそうだ。

翌月曜日からの練習は元どおり音楽室を使った。

「えっと、オータムフェアの本番は午後二時からで、集合はその一時間半前、市民会館二階の会議室となりました。パーカッションは荷物の搬入があるので、十一時に学校へきてください。辰吉楽器のスタッフもその時間に来校してくださり、トラックへの積み込みを手つだってくれることになってます。全員が会議室にそろったら簡単なリハを行います」

「指揮は嘉門先生にお願いすることにしました。演奏は『ムーンライト・セレナーデ』からはじまって、次の『A列車で行こう』ではソロのパートが演壇の前に並びます。そのあと全員が立ち上がって……」

ミタセンが盗聴していることを想定し、誰もが段取りを教えるかのように大声で話す。みな、必死で笑いをこらえていた。

そして当日。

辰吉さんのミニバンに沙耶、オレ、小早川が同乗し、ミタセン宅へと向かう。

「打ち合わせどおりにお願いね。おかあさんにはちゃんと話してあるから」

「オレ、あんま自信ねえな。演技とかしたことないし」

「頼みますよ。先輩の肩に吹部の命運がかかってるんですから」

辰吉さんには車で待機してもらい、玄関から上がらせてもらうと、そのまま二階にあるミタセンの部屋へ直行。

沙耶とおかあさんは思いっきりドアをたたく。

「アキちゃん、アキちゃん、大変なことになったの」

「三田村先生、緊急事態です。開けてください」

「吹部の一大事なんです」

小早川も一緒になり、とてつもなくでかい声でわめく。

ほどなく扉が開いた。

「どうしたの？」

「嘉門先生が、嘉門先生が」

ここはオレのパート。棒読みなだけでなく、セリフが途切れてしまったのだが、

「原因不明の腹痛で倒れてしまって、運ばれたんです」

沙耶が助け船を出す。

「なに、本当？　どこの病院なの？　具合は？」

「病院には八幡たちが行ってるんですけど、大事には至っていないみたいです」

「それはよかった。でも今日は『オータムフェア』じゃなかったっけ？」

「そうなんです。でも、指揮者がいないんです」

沙耶が絶叫すると、

「ああ、三田村先生、どうしたらいいんでしょう？　わたしたち吹部はもうおしまいで

す」

小早川がポロポロと涙をこぼしながら訴える。ふだんクールで無表情なヤツの迫真の演技に圧倒される。

「三田村先生はむ、む、無理ですか？」

二度目のセリフは噛んでしまったものの、

「じゃあ、ボクがやろうか？」

「いいんですか？」

三人が声をそろえる。

「急がなきゃダメだね」

ミタセンがジャージ姿のまま、玄関へ駆け出そうとするので、

「先生、待ってください」

沙耶はうしろから声をかけると、おかあさんから受け取ったタキシード一式を手渡す。

「おっ、なかなか用意がいいね」

その場で着替えはじめる。玄関に置かれたピカピカのエナメル靴を迷いなく履くと、車で待ち構える辰吉さんに気づき、

「おっ、緊急事態のわりには段取りがいいな」

と言いながら乗り込む。

「行ってらっしゃい」

オレたちは門の前で手を振るミタセンのおかあさんや執事さんに別れを告げた。

車内にて沙耶が、

「先生、今日のプログラムとスコアを持ってきました」

と手渡そうとすると、

「いや、これはいいよ」ていねいに押し返す。

「でも曲目や曲順くらい頭に入れられた方がいいんじゃないですか？」

小早川が念を押すと、

「ぶっつけ本番で大丈夫。むしろ真っ白なままで臨みたいんだ」と鼻を膨らませて自信満々に答えるものだから、辰吉さんは吹き出してしまった。

会場である市民会館に到着すると、ミタセンは誰に教えられることもなく二階の会議室に飛び込む。

待ち構えていた八幡が、

「先生、三田村先生、きてくださったんですね」と歓喜に満ちあふれた表情で叫び、恵那や北川が感無量といった面持ちで抱きつく。

「先生、先生」

「ありがとうございます。ボクたちは救われました」

部員たちはどいつもこいつも、これでもかと思わせるほど大袈裟《おおげさ》な演技でミタセンに言い寄っていく。

「大丈夫だ、安心してくれ。もう大丈夫だ。心配ない」

ミタセンもミタセンで数々の奇跡を起こした際のイエス・キリストのような笑顔でうなずくもんだから、幾人かの部員がこらえきれず、部屋のすみで腹を抱えて笑う。

本番は上々だった。

年配のかたも多く来られるのでスタンダードナンバーを増やした曲構成で臨んだのだが、ミタセンがリハにてネジを巻いてくれたこともあり、古典ならではの重厚さを表現することができた。

後半に配置された「情熱大陸」や「セプテンバー」は若者らしさ満開のパワーで最後まで疾走する。熱い演奏は驚くほど見事なできばえ。指揮するミタセン自身、何度も飛び上がり、場内から割れんばかりの拍手をもらった。

こうしてミタセンは電撃的に戻ってくることとなったのである。

・

「フルート、ピッコロ、両方やり直し。透き通るようでいて力強い音をだす。難しいのはわかるけど、ここ、見せ場なの。あなたたちが一番輝くとこなのよ。もっと高みをめざして。はい、もう一回ね」

復帰早々からミタセンは飛ばしていた。

一方のカモティはというと一歩引いたところで見守るといった感がある。以前のようなガッツが感じられないので、休憩のときにそれとなく聞いてみた。

「もう指導はしないんですか？」

「そういうわけでもないんだけど、まずは音楽面から立て直さなきゃダメでしょう。せっかく三田村先生も戻ってきたんだから、ここで水を差すわけにはいかないわ」

両雄《りょうゆう》並び立たず。気の強いミタセンとカモティとの間で角逐《かくちく》が生ずるのではと懸念《けねん》していたので、意外だった。

「三田村先生はマーチングに関する知識もあるみたいだからある程度、おまかせしないとね。わたしがこの部活を引っかきまわしたのは間違いないんだし、せっかく全国大会に行けるんだから、一致団結が最優先よ」

幾分かは寂しそうだったけど、サッパリした表情でつぶやく。

機嫌は悪くないようだ。練習が終わってかたづけをしているときなど鼻唄《はなうた》を歌っている。

あれ。

カモティのハミングをもう一度聴き直す。たしかにこれは「セプテンバー」のリズムである。「セプテンバー」のつもりなんだろう。それにしてもひどい。音程が根本的にズレている。

それにしても、カモティは音楽のセンスがまったくないひとなんだとようやく気づいた。

音楽的な素養を持っていないのに、どうして「マーチングをやりたい」だなんて言い出したのだろう。疑問に思ったのでたずねてみた。

「嘉門先生はどうしてマーチングに興味を持ったんですか？」

「えっ、わたし？」

「ええ」

「そうね。昔やっていたスポーツと共通点があるからかな」

「へー。なにをやってたんっすか？」

「アーティスティック・スイミング。わたしたちのころはシンクロって呼んでたんだけどね」

なるほど、音楽に合わせてからだを動かすという点では似ているのかもしれない。

面白いと思ったので、次の日、ミタセンに、

「そうそう、嘉門先生は昔、アーティスティック・スイミングをやってたらしいっすよ」

と話してみた。

「なに、それ？」

「以前はシンクロナイズド・スイミングって言ってた競技なんですけど」

「ああ、水のなかで体操するヤツね」

ちょっと違うと思う。

「なかなかきついらしいですよ。あのスポーツ」と振ってみたのだが、

「ボクはテレビで観てると、どうしてもあの鼻についてる洗濯ばさみみたいなのを取りたくなるんだよね。あれ、痛くないのかな？　今度、嘉門先生に聞いてみようよ。なん

でティッシュ詰めないのか不思議だよね」

着目ポイントが違いすぎて会話にならない。カモティの過去についてそれほど深くも考えずにすごしていた数日後のこと。

吹部のなかで噂がかけめぐった。

「カモティはオリンピック代表選手だったらしい」

オレとカモティとの会話を聞いていた副島が、ある日なんの気なしに、「嘉門洋子アーティスティック・スイミング」で検索してみるといろいろな情報が出て来たのだという。

さらにその次の日、ユーチューブにアップされている密着ドキュメンタリーに、若き日のカモティがでているとの情報が飛び交う。

オレのLINEにも八幡からアドレスが送られてきた。

〈まあ、観てみてよ。吹部のなかで話題沸騰中なんだから〉

たしかに若き日のカモティが映っていた。化粧っけのない現在と違い、メイクしているので、それなりにかわいい。オリンピック代表候補の合宿の一日を追う番組だった。

ナレーターが選手たちの一日を紹介する。

〈彼女らの一日は分単位のスケジュールが決まっている。まるで軍隊のように規則正しい。起床時間は朝の六時、六時二十分体操、六時五十五分食事、七時半プールに移動し器械セッティング、七時四十五分体操のち練習開始……〉

といった流れで厳しい練習風景が続く。

「なにやってんだ。タイム五秒足りない。はい、やり直し」

ウォーミングアップから本気で泳がせることには驚いた。野球ではこんなことありえない。

二キロのおもりを装着して水中から浮上する特訓、足の指先で靴下をつかみながらの腹筋など、過酷なトレーニングが紹介される。

カモティは八人で演技をする団体メンバーだった。インタビュアーに、

「なにが一番、つらいですか？」と問われ、

「練習もしんどいんですけど、やっぱり食事ですかね」

と答えている。

「えっ、食事？」

「はい。一日が終わると体重が二キロくらい減ってるんですよ。疲れているからなかなか食が進まないんですけど、体重が減りすぎると翌日の練習に参加させてもらえない。だから食べなきゃなんないんです」

平均女性が一日に摂取するカロリー三倍分に相当する量を完食するのだという。

映像を見ていてカモティがマーチングにこだわる理由がなんとなくつかめてきた。統一的な美を演じつつ、そこで躍動感を表現しなくてはならないところ、演技と音楽を一体のものとして表現し、観客を感動させるところなどは似かよっている。

カモティに聞いてみたいことがいっぱい出て来て、その日はなかなか寝付けない。

翌日は放課後になるやダッシュで音楽室にかけ込む。すでにカモティは部員たちに囲まれ、質問攻めにあっていた。

「五輪代表合宿の食事っておいしいんですか？」

「恋愛とか禁止なんですか？」

「歩いててサイン求められること、ありました？」

みんな同じ動画を観ているらしい。カモティはていねいに答えていた。

オレは、

「アーティスティック・スイミングとマーチング、どこに共通点があるんですか？」

とたずねてみた。

「まず両方とも採点競技なのよね。ほかのひとたちと競わなきゃならないんだけど、バスケットやサッカーみたいに、みずから獲得した点数で勝ち負けが決まるわけじゃない。審判をどうやって引き込むかも勝負のひとつなの。規定課題を確実に決めていかなくてはならないところも同じね。その分、動きが制限されるんだけど、それを観客に意識させず、演技者の喜びだけを表現しなきゃならないところはそっくりなんじゃないかしら」

なるほど、たしかにそうだ。制限されるところと自由なところ、集団の一員として規律を保ちながらも個々が光っていなくてはならない点など似た要素は多い。

沙耶は、

「嘉門先生がマーチングにかける情熱はどこからきているんですか？　どうしてわたしたちにマーチングをやらせたいと思ったのか、前から聞きたかったんです」

と問いかける。たしかにそれも知りたい。

「うーん、そうね。難しい質問ね。わたしは五輪代表として現地まで行ったんだけど、結局、最後に八人のメンバーからははずされてね。スタンドから仲間を見守ったの。手を組んで祈りながら、みんながプールのなかで躍動している姿にエールを送ったわ。もちろん、一緒に演じることのできない悔しさもあって……。いろんな思いが込み上げてきて、涙がとまらなかったわよ。練習、厳しかったからね」

集まっていた部員たちは固唾《かたず》をのむ。

「五輪が終わってすぐに引退したわ。それから一度もあの競技をやってないし、まあ挫折よね。教師になってしばらくしてからマーチングを知ったの。すぐ、とりこになって、いろんなところへ観に行ったわ。浅高にきてたまたま吹部の副顧問になったとき、ここだったらマーチングができるかなと思ったの。以前の学校で校長先生と一緒になったことがあるから軽い気持ちで話してみたら、乗り気になってくれてね」

カモティはひと息つく。

「でも、わたしの過去を払拭《ふっしょく》したいからじゃないのよ。自分のできなかったことを代わりにやってもらいたいってわけじゃないの。アーティスティックの世界選手権にでて銅メダルをもらったことがあるんだけど、そのときのことが忘れられないの。あの日だけはプールに入る前から喜びでからだの表面がはち切れそうだった。うれしくてうれしくて内側から笑顔があふれ出てきたわ。不安なんかひとつもない。エネルギーのかたまりみたいになってたの。演技がはじまってからも不思議な感覚は続いたわ。やらなくてはならない細かいことが頭からすっ飛んで、でも自動的にからだが動いてる。ひとりぼっちなんだけど、みんなと一緒みたいで、八人が気持ちだけでつながっている。それが永遠のようにも一瞬のようにも思えた。音楽とともに会場もひとつになって、なんか宇宙にプカプカ浮いてるみたいで、官能的な時間だったの。あの感覚、みんなに味わってもらいたいと思ったのよね」

音楽室は静まりかえった。

そのときである。

ドカンと、とてつもなく大きな音を立てて扉が開く。みながあわてて振り返ると、ミタセンがフラフラと入ってくる。しかも滂沱《ぼうだ》の涙ではないか。

「嘉門先生、すごいです」

涙をぬぐいながらカモティにちかづくと、両手をとる。

どうやらミタセンはオレたちの会話を一部始終、聞いていたらしい。この期《ご》に及んでまだ盗聴していたとは驚きだ。

　しかもひとの気持ちに共感することのないミタセンがカモティの言葉に感動したらしい。マーチングとアーティスティック・スイミングとの違いがあるとはいえ、おたがい挫折を経験したからなのだろうか。どこがこの男の琴線《きんせん》に触れたのかまったくわからない。

「やりましょう。一緒にそんなマーチングを作りましょう。この子たちだったらできる。絶対にできるんだから。みんなもやろうよ。宇宙にプカプカ浮かんでるみたいなマーチングを」

　ミタセンは叫んだ。部員たちはなにが起こったのだかよくわからないままうなずく。


　この日以降、マーチングの練習において、ミタセンとカモティは一緒に行動するようになった。両腕を組んで並び立ち、なにか気になる点があると耳打ちしあう。音楽面についてはミタセンが指導し、ドリル構成についてはカモティから声がかかる。

　それにしても、これまでけっしてちかくに寄ることのなかったふたりの距離が縮まりすぎているのではないかという声も聞かれた。

「また一緒にいるよ。どうなってんだろ？」

「もしかして、もしかすると、友だち以上の関係なんじゃねーの」

「いや、明らかにラブラブだから」

　いままでおたがい交わることのなかった、音楽とマーチの指導者の意思疎通ができるようになったことにより、浅高吹部のマーチングはより一層深みを増すようになってきた。

「このステップなんだけど、ちょっと音楽とずれてないかな？」

　ミタセンが問いかけると、

「そうですね、じゃあこの四小節だけリアにして、ここで回転するようにしましょうか？」

　とカモティが即答し、みずから演じてみせる。

　ドリルは微妙な部分まで徹底的にこだわって調整された。

　技術面だけではない。

　ふたりの熱量が合体してとてつもない情熱が注ぎ込まれ、部員たちにもその熱さが伝《でん》播《ぱ》していった。

　カモティが垣間見《かいまみ》た頂点の景色を見てみたい。

　みんなの想いはひとつである。

　沙耶も元気を取り戻したようだった。

　快活な笑みがこぼれ、幾分声も明るくなったような気がする。

　ただ部長として積極的にリーダーシップをとるつもりはないようだ。むしろ小早川を前面に押し立てて、自分は一歩引いた立場を維持しようとしているように見てとれる。

　ヤツが言いすぎたときはフォローし、言葉が足りないときは補った。

小早川のほうも全面的に信頼しているらしく、困ったときは相談しているようである。

オレもそろそろ決意しなくてはならないときが来たようだ。

自分の気持ちを伝えないと、前に進めない。

すでに受験勉強も手につかなくなっている。

卒業して別々の学校に進む前に結論をだしておかなくては手遅れになってしまうかもしれない。

そんな焦りもつのってくる。

とはいえ、校内でふたりきりになるチャンスがあって、いざ気持ちを打ちあけようと思っても逡巡《しゅんじゅん》してしまう自分がいた。

部活が一番大切なときにこんなプライベートなことを伝えて、せっかく前向きになっている沙耶の心をかき乱したりはしないだろうか。オレと沙耶がぎくしゃくしたら、部にも迷惑をかけてしまうかもしれない。

行きつ戻りつすること一週間。

十月最後の日になった。今日しかないと思いを定める。

部内を忙しく立ちまわる沙耶の手が空いた。いまだ。

「ちょっと、話があるんだけど、いいかな？」

声は震えていた。

「うん、いいよ」

「じゃあ三年D組で……」

「すぐ行くから先に行ってて」

明るく返してくる。

静かな教室に入ると心臓の音が聞こえてきた。われながら、こんなに気の小さい男だとは思わなかった。

「ごめんごめん、どうしたの？」

沙耶がちかづいてくる。

正面から顔を見ているはずなのだが、緊張して表情がまったくわからない。

「あの、つき合ってほしいと思って……」

何度も頭のなかで思い描いたはずだったのに、うまく言葉が出て来ず、最後のほうはもごもごと口ごもってしまった。

「つき合うって誰と誰がつき合ってるの？　それって部活に悪い影響のある話なの？」

沙耶は吹部の運営についての相談だと思っているらしく、こちらの意図がまったく伝わっていない。こういうことはもっと雰囲気を作ってから言うべきだったのだろうか。

慣れていないせいもあり、動揺して頭が真っ白になる。

いや、ここはもうあとには引けない。行け。

そう念じて一歩前に進んで距離を縮めたときのこと。

「鏑木先輩、鏑木先輩はいませんか？」

廊下のほうからただならぬ声が届いた。

「はーい、ここよ。D組の教室にいます」

北川真紀が血相を変えて駆け込んでくる。

「大変です。曽根さんが、曽根宇羅さんが……」

息も絶え絶えに、握りしめた手紙を差し出してきた。

沙耶とふたりでのぞき込む。

そこには、

「迷惑ばっかりかけてすいません。足手まといのわたしは吹部にいる価値のない人間だと思いました。本日づけで退部させていただきます。いろいろありがとうございました」

と記されていた。

十一

コクられた瞬間は心臓のとまる思いだった。

とっさに、

「つき合うって誰と誰がつき合ってるの？」

とごまかしたんだけど、どう感じたんだろう？

それにしても驚いた。

西大寺はてっきり小早川さんに気があるものと思っていた。

北川さんら三人でパーカッションの集まる教室へと駆けながらも、動揺はおさまらない。

扉を開けると曽根さんをのぞく六人は悲壮な顔つきで協議していた。

「まず戻ってもらうように動かなきゃ」

「でも、万が一のことを考えるとだれかが代わりにマスターしとかなきゃなんないよ」

わたしたちのドリルにおいてシンバルはひとりだけ。現状のままではショーが成り立たない。

「やってみようと思うひといる？」

あとから加わった北川さんが打診してみるのだが、みなうつむいてしまう。

本番まであとひと月足らず。代役となると演奏はもちろんのこと、動きも覚え直す必要がある。荷が重いので、ためらわれるのはいたしかたない。

パートリーダーである甚太郎は蒼白《そうはく》な顔色のまま、なにも語らない。マルチテナードラムもまた、彼ひとり。みずから志願するわけにはいかないのだろう。

「なんならオレがやろうか？」

西大寺が声をかける。浅高吹部ではオーボエを担当しているのだが、マーチングではトロンボーンを吹くことになっていた。ずば抜けた音楽的素養に加え、運動神経にも秀でている。賛意を表そうと思った矢先、

「いや、いいよ」

甚太郎は吐き捨てるようにつぶやいた。

ふだんから無表情なので、こころのうちを推しはかることはできないが、トラブルの責任を感じており、ほかのパートに迷惑をかけるわけにはいかないと思っているようだった。

「曽根さんのことはわたしにまかせて。一度、話し合ってみるわ。念のためバスドラ四人のなかからシンバルへまわるひとを決めておいてね」

そう言い残すと、パーカッションの陣取る教室から離れる。

西大寺が、

「手伝うことがあったらなんでもやるよ」

と言ってくれた。

「ありがとう。まずはわたしから曽根さんに連絡してみる。進展があったら報告するね」

「わかった。じゃあ」

去って行く西大寺の背中を見つめてしまう自分がいた。

曽根さんの携帯にかけてみたものの応答がなく、メッセージにも返事はこなかった。

自宅へ電話を入れてみたところ、二度目のコールでおかあさんとつながる。

「あのー、浅高吹部の部長をしております鏑木と申します。宇羅さんおられますでしょうか？」

「あっ、部長さん。わざわざごめんなさい。申しわけないけど『吹部のかたとは話したくない』って言ってるのよ」

「えっ……」

「心配してお電話くださったのね。でも退部の意志はかたいみたいなの」

「そうなんですか……」

「家族としても娘の決断を尊重しようと思っているのよ。だいぶ悩んでたみたいだから」

おかあさんの言葉に目の前が真っ暗になる。

　曽根さんがパーカッションのなかで厳しく当たられていることには気づいていた。でも、ほかのもめごとに気を取られ、あいだを取り持つ努力を怠ってた。やっぱりわたしの責任だ。

　とはいえ、このまま引き下がるわけにはいかない。

「部活についてはどのように言ってましたか？　差し支《つか》えなければ教えてほしいんですけど」

「最初は楽しそうに行っていたのよ。だんだんつらそうになってきたのは、そうねぇ、夏休みに入る前くらいからかしら」

　入部したばかりのころはやたら話しかけてきてくれていて、人なつっこい子だなと感じていた。夏休み前と言えば吹奏楽コンクールのオーディションがあったころ。曽根さんはスネアドラム志望だったけど、メンバー入りできなかった。

「でも、いったんは気を取り直し、『マーチングをがんばる』って言ってたのよ」

　五十五人がコンクール曲の仕上げにかかりっきりだった時期、大磯渚をはじめ、選に洩れた部員たちは運動場でステップの特訓に励んでいた。

「八月の半ばくらいからかしら。『なにもかもうまくいかない』って言い出したのは……」

　八月十日に吹奏楽コンクールの予選が終わり、吹部はマーチング一色になった。ちょうどそのころだ。

シンバルは重い。

抱えて歩くだけでも重労働である。

炎天下で行進しながらの演奏を続けていると、曽根さんのシンバルはメリハリがなくなっていった。ひとりしかいないだけに、どうしても目立ってしまう。そこをミタセンに厳しく指摘された。

動きの方もつたなかった。八人が横一列になって動くことの多いわが校のドリルにおいて、パーカッションはスーザフォンの前を歩く。しかも曽根さんもわたしも列の左すみに配置されているので、外周においてはわたしが彼女のうしろを行進することになる。背後から見ていて、曽根さんは歩幅が安定せず、ポイントの手前でとまってしまうことも少なくなかった。

もともとシンバルに思い入れがなく、押しつけられたという思いもあるなか、演奏でもステップでも怒られることが続き、いや気《け》がさしてしまったのだろう。

「体重が減って、笑顔も少なくなってきたから、『いつやめてもいいよ』とは伝えていたんです。『もう少しがんばる』と言っていたんだけど、もう限界みたいで」

そこまで追い詰められていたとは知らなかった。

「すべてはわたしの責任です。部活のことでご家族のかたにまで心配をおかけしてしまい、本当にすみません。なんとなく雰囲気がおかしいのには気づいていたのですが、なんの手立ても講じませんでした。わたしが悪いんです」

「あなたのせいじゃないわ。気にしないでね」

「でも、もう一度、チャンスをください。このままやめてしまうなんて寂しいですし、申しわけなさすぎます。明日にでもまた連絡いたします」

「あんまり無理しないでね。ウチの子が向いてなかっただけなんだから……」

夜になって北川さんから電話があった。

曽根さんの自宅へ行ってみたのだが、会ってはもらえなかったという。

「わたしが甚太郎さんとのあいだのクッション役を果たせていれば、こんなことにならなかったんです……。申しわけありません」

「北川さんのせいじゃないよ。ところで榊はどんな様子なの？」

「落ち込んでますよ。悪気がなかったとはいえ、下級生を深く傷つけたということに自己嫌悪がつのってきているようです」

上級生はみな、自責の念にかられていた。こんなことでは明るいマーチングを演じることなどできるはずがない。なんとか曽根さんに戻ってもらわなくてはならない。でも打開《だかい》策となると思い浮かばないのも事実だった。

翌日は合奏だった。曽根さんは登校していない。

演奏を前にしてミタセンは声をあげた。

「あれ、シンバルはどうしたの？」

「今日はちょっとお休みで……」

「ふーん」

怪訝《けげん》な顔つきでしばし沈黙。

「やめるって言い出したんでしょ」

いきなり言い放つ。

どうして知ってるんだろう。だれもが目を見張る。

「最近、響きがにごっていたから、心配してたんだ」

やはり、奏でる音色だけで生徒のこころを読み取っていたのである。

「まあ、しょうがない。シンバル抜きで合わせてみようか」

「録音はどうします？」

ＰＣＭレコーダーを右手に持ったカモティが問いかける。

「うん、いちおう録《と》っといて」

シンバル抜きの合奏はなんだか物足りない。ひとつの楽器が欠けるだけでこれほど雰囲気が変わるとは思わなかった。

練習が終わるやわたしと西大寺は音楽準備室へ呼ばれる。

「すぐに下校の用意をしてね。一緒についてきてもらうから」

ミタセンのベンツに乗り込むやいなや、発進。

「どこへ行くんですか？」

西大寺がたずねると、

「曽根さんの家だよ。決まってるじゃないの」

と即答。

「連絡は入れてあるんですか？」

わたしが問いかけると、

「そんなのしてないよ」

当然だと言わんばかりに答える。

「『会いたくない』って言ってるらしいんですけど」

たたみかけると、

「うーんとね。学校に行けずに閉じこもっているひとって心境が複雑なの。だれにも会いたくないけど、実は会いたいの。会いたくないけど寂しいの」

「……」

「ボクも長いこと登校拒否を続けててね。ずっと引きこもってたの。でも中二のときの担任が毎日のように家へ通ってくれたんだ。『少しでもいいから来てみてよ』『授業にでられないんだったら、顧問をしている吹奏楽部に顔だしてみたら』と誘ってくれてね。イヤでイヤでしかたなかったんだけど、あまりにもしつこいから放課後登校からはじめてみたの。少しずつ、学校へ行けるようになったんだ」

信号に差しかかるとひと息つき、話を続ける。

「あとになって気づいたんだ。ホントは呼びにきてほしかった、ああやって手を差し伸べてほしかったんだって。こころが疲れてくると、ひとと話すのが億劫《おっくう》になってくるでしょ。ひとを遮断すると、さらに外の世界が遠くなる。より一層怖くなる。悪循環なんだよ。曽根さんの場合はまだ傷が浅い。いまのうちに引っ張り上げとかなきゃなんないと思ってね」

ひとの気持ちには鈍いところの多いミタセンだったけど、自分と同じような境遇におかれたひとの痛みには敏感なのかもしれない。

めじろ台駅にほどちかい住宅街にある一軒家の前に車を横づけすると、間髪《かんぱつ》を容《い》れず、呼び鈴を押す。

「浅川高校吹奏楽部顧問の三田村です」

あいさつも早々に玄関から上がり込む。

「あの……」

あっけにとられたおかあさんが声をかけるも、

「宇羅さんのお部屋はどこですか？」

目を見開いて大声でたずねるもんだから、気《け》おされてしまったのか、

「二階の突き当たりです」

と答えてしまう。

ミタセンは迷わず階段を上がっていった。

わたしと西大寺は玄関先で待ち構える。修羅場《しゅらば》になるかと案じていたのだが、ほどなくしてうなだれた曽根さんがミタセンとともに下りてきた。

「おかあさん、お嬢さんをお借りします。責任を持ってご自宅まで送りますので、ご心配なく」

そう言い残すと、曽根さんを助手席に押し込む。わたしと西大寺が後部座席に乗り込むと車は走り出した。

ミタセンは運転しながらも、とめどなく話し続ける。

「曽根さんはスネアドラム志望だったんだよね。下手《へた》だからシンバルしかやらせてもらえないと思っているのかもしれないけど、そんなことはないんだよ。マーチングでもっとも重要なのはパーカッションと低音。なにしろ歩くリズムを決めるパートだからね。なかでもシンバルはほかの楽器で絶対に表現できない世界を切り開くことができる。だからこそ、管弦楽からジャズ、ロックに至るまであらゆるジャンルの音楽で使われるんだ」

ミタセンの口調は熱かった。

「クラシック音楽にはいろんな楽器が使われるんだけれども、シンバルはそもそもトルコから伝わったもんなんだ。トップメーカーのジルジャンは四百年くらい前にトルコで生まれた会社だし、ほかにもトルコ発祥のメーカーが多いんだよ。製造方法だってさまざまなんだ。溶かした合金を一枚一枚型に入れて鋳造する製法もあれば、圧延加工された合金を型抜きする場合もある。主な原料は銅なんだけど、錫《すず》との割合によっても音は変わってくるし、銀を混ぜるとさらに豊かな音色になる」

それにしても、わたしたちはどこへ向かっているのだろう。ミタセンが間断《かんだん》なく話し続けるので、問いかけることもままならない。

「波紋《はもん》がついているシンバルもあるだろ。あれはハンマリングといって表面をたたくことによってできるんだ。機械でやるときもあるけど、だいたいはひとの手によっておこなわれる。この加減で音が違ってくるの。さらによく見てみると木の年輪のような筋もあるだろ。これはレイジングといって、表面を削ることにより音溝を作っているからなんだ。この溝の加工具合によって空気の振動に微妙な変化をあたえ、深みのある音色を作ることができる。シンバルの面白さっていうのは同じメーカーの同一ブランドでもひとつひとつ音がまったく違うこと。本当に繊細で、生き物のような楽器なんだよ」

語り口は情熱的で、聞くものだれもがシンバルに惹《ひ》かれざるを得なくなるような話しぶりだ。

「さあ、着いた」

暗がりの駐車場に車を入れる。ここはいったいどこなんだろう？

「浅川城趾《じょうし》公園ですよね」

西大寺が確認すると、

「うん、そうだよ。ついてきて」

ミタセンはずんずん先へと進む。

午後八時をまわったくらいだろうか。あたりは真っ暗だ。この時間になると急に冷え込んでくるので、深まりゆく秋を実感する。

公園内のなだらかな丘をのぼっていくと、前方の暗がりに人影が見えた。

ちかづくにつれて輪郭が明らかになってくる。

カモティだ。それに甚太郎と北川さん。あとひとりは、そう、楽器屋の辰吉さんだ。

いったいどういう取り合わせなんだろう。

わたしたち四人が近寄ると、甚太郎が前にでた。

「曽根さん、ごめんなさい」

口べたな彼だけに、なにに対して謝罪しているのかまったくわからないんだけど、声《こわ》色《いろ》と表情だけで言わんとすることが十分に伝わってくる。

「知らず知らず追い詰めるようなことになってわたしも申しわけなく思ってるわ。お願いだから戻ってきて。パーカッション全員の気持ちなの。一緒になってマーチングの土台を作ってほしい」

北川さんも訴える。

「曽根さんのシンバルがどれくらいボクたちの音楽にかけがえのないものなのか、音で聴いてみるとわかるよ。嘉門先生、今日の演奏を再生してみて」

カモティはポケットからＰＣＭレコーダーを取り出し、スイッチを入れた。足もとに置かれたスピーカーから先ほど録音したばかりの「星条旗よ永遠なれ」が流れてくる。シンバルのない行進曲。たしかに味気ない。

「ね、ね、ね。山椒《さんしょう》のないウナギ、いや違うな。ソースのかかってないトンカツ、ダメダメ、カツが入ってないカツ丼みたいでしょ」

よくわからない喩《たと》えで表現する。

ミタセンは続ける。

「ボクたちの作る音楽にムダなものはないの。それぞれに役割がある。どのひとつが欠けても成り立たない。みんな重要なんだ」

そう言うと、音楽をとめさせた。

「じゃあ、パーカッションの三人と鏑木さん、西大寺くんはシンバルを持ってみて」

かたわらのベンチを指さす。そこには多数のシンバルが置かれていた。

なるほど。辰吉さんがここにいるのはシンバルを用意するためだったのだ。ようやく得心《とくしん》がいく。

「嘉門先生、もう一度、最初から流してください。曽根さん、シンバルを鳴らしてみて」

音楽に合わせて曽根さんが自分のパートを演奏する。

ミタセンはふたたび口を開く。

「さっきとの音の違い、わかるだろ。マーチではバスドラとスーザフォンとシンバルが心臓なの。メトロノームなのよ。なかでもシンバルは金属の響く音でしょ。入るとキラキラとした音色になる。コントラストに深みがでてくる」

だれもが真剣に聞き入る。

「ここで、いったんシンバルはお休み。木管の聞かせどころだからね。この長い時間の休止が、あとの盛り上がりのために必要になってくる。次のシンバルは西大寺くんね」

西大寺が代わって音をだすと誰もが驚いた。

「ほら、シンバルを変えるだけで、曲のイメージがこれだけ変化するだろ。次は榊くん、続いて北川さん、鏑木さん、はい、曽根さんに戻って」

おもしろい。シンバルを入れ替えるだけで曲のおもむきがまったく変わってしまう。

あっという間に聴き比べは終わった。

「じゃあ、本番で使うシンバルを選ぼう。曽根さんはどのシンバルの音がボクたちの音楽にふさわしいと思った？」

曽根さんは小首をかしげ、ちょっと迷っているようだった。

「これにしようよ」

甚太郎がいきなり自分の持っていたシンバルを差し出した。

ここは曽根さんに選んでもらって、そのまま円満に部活へ戻ってもらう状況のはず。あいかわらず空気の読めない男だ。そもそも甚太郎がなんでもかんでも上から偉そうに指図するもんだから、曽根さんが逃げ出してしまったというのに。またしても落ち込まれては元も子もない。

みんなが固唾《かたず》をのんで見守ると、曽根さんは入部したころに見せていた満面の笑みでこう言った。

「わたしもそれにしようと思ってました。同じでうれしいです」


曽根さんが復活してから、吹部の団結力は深まった。

本番まであと一週間となった日曜日。

この日は八王子市富士森《ふじもり》体育館に集まった。

まずは合奏練習から。

ミタセンはあいかわらず厳しく叱咤《しった》する。

「まだまだブレンドが甘い。自分のパートが曲全体のなかでどんな役割を担っているのかもうちょっと考えて。ほかの楽器にもちゃんと耳を傾ける。全体が調和するためにはどれくらいの音量をだせばいいのか感じること。目立ちすぎても引っ込みすぎてもダメなの」

「いまのフレーズ、音のツブがそろってないよ。音がそろえられないのに、列がそろえられるわけないでしょ」

ドリルのほうではカモティの熱量がさらにパワーアップ。

「左右の間隔を均等に保つのは難しいよね。練習のときは頭で考えながら歩幅を調節するんだけど、最終的にきっちりそろえるためには感覚をつかむしかないの。アーティスティック・スイミングをやってたときも、隣のひととの距離感っていうのは気配を感じることでしか保つことができなかったわ。もうひとりの自分が俯瞰的《ふかんてき》に全体を見下ろしているような意識を持ってみて。列を整えようと考えすぎると演奏もおろそかになる。からだで覚えるしかないのよ。はい、もう一回」

五輪代表に選ばれたひとの言葉だけに部員たちは素直に受け入れる。

とはいえ、ターンのときの足を踏み出す角度、楽器を持つ姿勢、ひざの上げ具合など、列以外にも気を配らなくてはならない点がいっぱいあるので、なかなか感覚を自分のものとするまでには至らない。

注意されたことに気を取られると、いままでできていたことができなくなっているということの繰り返しだった。

「はい、じゃあ十五分間、パートごとにわかれて動きのおさらい。それからもう一回通しでやってみます」

わたしが担当するスーザフォンは八人で横一列に並ぶ。ふだんから一緒に練習しているのでチームワークは揺るぎない。

「Uターンと外周は完璧とは言わないまでも結構できてると思うの。やっぱり『ジュピター』のフィニッシュの人文字に入るところができてない。各自もういちど動きを頭に入れてくださいね」

隣ではトランペットの清水真帆が中心となって、スピンの基礎からおさらいをしていた。同じパートの八幡太一の明るい声が届く。一時期はなりをひそめていたのだが、このところきわめてご機嫌で、もとの快活さが戻っていた。八幡のもとにエナリンが駆け寄り、にこやかに談笑している。ふたりとも自分のパートに手ごたえを感じているようで心づよい。

パーカッションでは甚太郎がマンツーマンで曽根さんに指導していた。かつてのように声を荒らげることはない。むしろ曽根さんのほうから質問攻めにしているようだった。ときおりのぞく彼女らしい底抜けの笑顔にホッとする。

「はい、じゃあ集合。もう一回メロディを歌いながら通しでやってみます。スタンバイしてください」

カモティの力強い声が体育館に響きわたる。

「演奏がはじまる前から演技ははじまっているのよ。フロアに立った瞬間からこの学校は違うっていう雰囲気をださなきゃダメ。ひとり一人が見られているという意識を持ってね。全部員の内側からエネルギーが立ちのぼって、場内の空気がワーっと動くくらいになるように」

「美しくなくっちゃパフォーマンスする意味がないの。美しさは細部に宿るわ。頭のてっぺんから足首、つま先に至るまで神経を集中させて」

六分間の通し演奏を終えるとさらなる指示が飛ぶ。

「マーチングは採点競技なの。勝つためには審査員のこころをわしづかみにしなきゃならないの。アーティスティック・スイミングの場合だと、ほとんどが水中演技なんだけど、ほんの数秒間水面から浮上したときに、視線で審判を圧倒するように求められたわ。けっして媚《こび》を売るわけじゃない。パワーを見せつけるの。全員の顔の位置をそろえるためにも、正面を向いたときのまなざしは体育館中央の座席のほうへ向けること。そしてジャッジするひととアイコンタクト。これも忘れずにね」

「はい」

「わたしたちはショーをやる。お客さんに観てもらう。喜んでもらうためにもっとも大切なものはなんだと思う?」

「笑顔です」

曽根さんが即答する。

「そう。笑顔。笑顔がすべて。かといって作り笑いではダメなの。お客さんにも審査員にも表面的な笑い顔なんか見抜かれちゃう。それぞれがこころの底から楽しいと思って演技する。そんな気持ちになるまで練習するしかないの。はい、がんばって」

カモティの言わんとすることは部員たちすべてが理解できていた。しかし、演奏面において音量やピッチに気を配りつつ、ドリルではステップや姿勢、位置取りを統一させるという複合的な要素を体得するには時間が足りないとも感じている。

わたしたちは無我《むが》の境地で演じることができるのだろうか。こころから楽しいと思って演奏できるような高みにまでたどり着くことができるのだろうか。

期待と不安の入り交じった不思議な気持ちを抱いてしまう。

「いまからランスルーします」

小早川さんがマーチングの通し練習を宣言する。

ミタセンとカモティは観覧席の最上部に陣取った。

演奏がはじまる。

いままで教えられてきたことすべてができたわけではないものの、ここ数日でかなり習熟してきたという実感を持つことができた。

疲れはたまっていたけど、みんな精一杯の演奏演技を披露する。

六分間のマーチングが終了すると、部員たちは緊張の面持ちでギャラリー席のふたりに視線を送った。

「うん。悪くはないんだけどね」

ミタセンはそう言ったものの、小首をかしげ、なにやら腑《ふ》に落ちないようだった。

やがて、隣にいるカモティに問いかける。小早川さんが呼ばれ、戻ってくるや、

「十分間パート練習してください」

と告げた。

そのあとも、ふたりは真剣な顔つきで議論を続けていた。

「集合」

カモティが全員を集める。

「えっと、ドリルの一部を変更します。『星条旗よ永遠なれ』では、外周で半分まわったあと、正面を行進するところで、クラリネット、サックス、フルートは一度とまって演奏してください。ほかの列はトロンボーンを先頭にして、うしろから追い抜くかたちになります。それから、『ジュピター』のほうなんだけど……」

まだフォーメーションを完璧にこなせていない段階で大幅な改変を告げられる。本番まであと一週間しか残っていない。

さすがに部員たちの表情が曇る。

「急に変える理由を教えてください」

八幡が手を挙げて質問する。

今度はミタセンが答えた。

「みんながんばっているんだけど、音のバランスの悪いところがあってね。場所を入れ替えたほうがきれいに聴こえるんじゃないかなと思ったの。座奏と違ってマーチングは聞かせたい楽器をもっともよく響くところに配置することができるんだ。なかなかうまくできているドリルなんだけど、やってみて、もっとうまく音が調和する形にできるのなら変更した方がいいと思ったんだ」

たしかにミタセンの言うことにも一理ある。

ただし、いまさら位置取りを大きく変えてしまって大丈夫なのだろうか。

八幡はふたたび口を開く。

「わかりました。もうやるしかないってことっすよね」

「うん。やるしかないの」

退路は断たれた。部員すべてが意を決した瞬間だった。


その日の練習終了後、本番用の衣装が配られた。

渚みずからがパターンを描いたと聞いているコスチューム。上着は立ち襟のジャケットで深い青と白の生地に黒い縁取りがあしらわれている。胸元には星座の刺繍《ししゅう》がほどこされ、金糸のレニヤードは高級感をかもしだす。

続いて帽子が手渡された。ウエストポイントハットの中央には徽章《きしょう》が配置され、白く長い羽根はこれまたゴージャスだ。

男女ともに白のスラックスを合わせると、ドリルの改変で滅入《めい》っていた部員たちの顔がいっせいにほころぶ。

「チョー、カッケー」

「めっちゃかわいい。感動！」

「先輩、ありがとうございます。うれしいです」

下級生から囲まれた渚は真っ赤になって照れている。

声をかけたかったんだけど、スーザフォンパートの打ち合わせがあったので、話すことはできないまま別れてしまう。

家に帰ってからさっそく着用してみた。

あらかじめ採寸してくれていたので、寸分のくるいもなくフィットしている。

「ちょっと、おかあさん、見て見て」

「うわー、奇抜な感じもするけど、バランスが取れてて、なかなかいいセンスね。大磯さんがデザインしたんでしょ？」

「うん。そうなの。コスプレ女王だから心配はしてなかったんだけど、さすがだわ。みんなを満足させながら、こっそりアニメテイストを入れてるところも笑えるの」

「ちょっと上着を見せてみて。この星座の刺繍は手縫いなんじゃないかしら。こんなのは業者さんはやってくれないわよ」

「ずっとひとりで作業してるのは知ってたんだけど、こんなことやってたのね」

「あれ、内側に仕付け糸が残ってる。なにかカバーみたいなものがかかってるわよ。取ってみてもいいかしら」

「あっ」

おかあさんは裁縫道具を持ってきて、縫い付けられた四角い布をはずしてくれた。

「うわー、すごい」

目に入ったときの気持ちはこれまでの人生で味わったことのないようなものだった。

渚の笑顔が目に浮かび、笑い声がこだまする。

ジャケットの裏地に浮き上がったのは刺繍されたわたしの似顔絵。その下には「沙耶ちゃん　ありがとう」の文字がていねいに縫い取られていた。

グッときた。

そのとき、スマホが鳴る。

真帆からだった。

通話ボタンをタップするや、

「コスチュームの裏地、見た？」

と叫ぶ。

「うん、見た見た」

「奏はどうかしら」

「わたし、電話してみる」

連絡を入れると、即座につながる。

「今日、もらった衣装の仕掛け、気づいた？」

「えー、なんのことなん。別に変わったことなかったと思うんやけど」

「いますぐ、裏地を見て」

「ちょっと待ってな。えーと、なんか布がついとる」

「それをはずすのよ」

「えっと、あっ」

おしゃべりマシンのような奏がしばらく沈黙する。

わたしたち三人はそれぞれが自転車や電車に乗って渚の家へと向かった。マンションの下で合流すると、渚に下りてきてもらう。

「ありがとう。ホントにうれしかった」

「ジーンときたよ」

「ウチは電話をもらうまで気づかんかった。びっくりしたわぁ」

「ずっと話をしたいと思ってたんだけど、なかなか言い出せなくて……。ああいう伝えかたしかできなくてごめんね」

ひさしぶりに四人が集まると以前のように話がとまらない。

あっという間に小一時間が過ぎる。

「渚はドリルの作成にもかかわったんでしょ？　どういうテーマなのか教えてよ」

わたしはずっと聞いてみたいと思っていたことをたずねてみた。

彼女はどんな曲を演奏するときでも自分のなかで勝手にストーリーを作ると言っていた。今回は選曲のみならず、ドリル作成から衣装デザインにまでたずさわっている。浅川高校のマーチングに込めたロマンを知りたかった。

渚は六分間の演奏演技に託した彼女の物語を話しはじめた。

いったん語り出すととまらなくなった。熱かった。

三人はだまって聞いていた。

知らなかった渚の想い。

そして涙を流す。

満天の星たちだけが静かにわたしたちを見下ろしていた。


あっという間にやってきてしまった十一月二十五日。

大阪は快晴だった。

高等学校以上の部は十三時十五分から。わたしたちの出番は十五時十分となっている。

昼前にはバスで到着。

大阪城ホールに隣接した駐車場に停まるトラックから荷物をおろす。

「準備できたひとからむこうのほうに集まってね」

カモティが生徒たちを誘導する。

初めて見る大阪城。でも、それ以上に驚いたのは、ホール入り口ちかくのあちこちで各校が演奏していることだった。

「おい、あれは大阪の中之島工業じゃねえ」

「ほんとだ、あっちは聖峰《せいほう》女子だわ」

座奏、マーチングともに金賞常連校の面々が音を合わせている。隣を通るとき、胸に響くバスドラの音に圧倒されそうだった。

「こっち、こっちだよ。浅川高校はこっち」

東外濠《ひがしそとぼり》の手前に立つミタセンが手招きする。

もう、うれしくてたまらない様子だ。

少し離れたところにはおとうさんの姿があった。メールには「帰国できるかどうかわからない」と書いてたけど、やっぱり来てくれた。

目が合うと小さく手を振ってくれる。

「沙耶ちゃん」

背後から声をかけられたので振り返ると、加藤蘭先輩と長渕詩織先輩の姿が目に入った。

「先輩」

なにかしゃべろうと思うんだけど、胸がいっぱいになって言葉にならない。

このひとたちがいてくれたからこそ、わたしはここへ来ることができた。

「ありがとうございます」

「がんばれよな」

「応援してるからね」

短くてありふれた言葉。だけど、想いはしっかり伝わった。

まずはそれぞれのパートでチューニング。

わたしはスーザフォンの仲間と音を合わせた。

かたすみで小早川さんがバトンをまわしている。彼女だけはいつもひとり。本番では空間を切り裂くように最前列を歩《あゆ》む。あらためてドラムメジャーの孤独と重圧を実感した。目が合ったので「大丈夫だよ。一緒だよ」とのメッセージを伝えるべく、何度も強くうなずく。

辰吉さんはチューナーメトロノームを配っていた。このひともまたわたしたちには欠かせない人物だ。感謝の気持ちを込め、小さくお辞儀をする。

全部員が集まっての合奏がはじまった。

目の前には濠があり、そのうしろの大阪城がわたしたちを見おろす。赤や黄に色づいた木々のもと、小さなかたまりとなって音楽を紡ぎ出す。こんな経験ははじめてだ。澄み切った秋の空気が心地よい。大切なひとたちに囲まれ、大好きな仲間と大きな舞台に立つことのできる幸せを実感する。

「会場入り口まで移動します」

カモティが叫んだ。

みな慌《あわ》ただしく歩き出す。

西大寺の姿が目に入ったので、小走りで近寄り、横を歩く。

「いよいよだね」

「ああ」

「楽しみだけど、ちょっと怖いし、今日という日が来てしまって寂しい気持ちもあるわ。なんか不思議な感じ」

「そうだな。なんかフワフワしてるよな」

大阪城ホールへ向かって歩みを進めるなか、ふと思い立つ。

「この前、D組の教室で西大寺が言ってくれたことへの答えなんだけど……」

これから戦場へ行くという高揚《こうよう》感からなのだろうか。

自分自身、信じられないような言葉を口にした。

ヤツは驚ききった様子でわたしを見おろす。

「明日にはちゃんと伝えるね」

「ああ」

静かに微笑んでそう答える。

「受験勉強は進んでる？」

「やることはやってる。自信はあるよ。沙耶はどうすんだ？　進路決まったのか？」

「うん。決めたよ」

「へー、教えろよ」

「教員になろうと思ってるの」

「えっ、教師？」

「うん」

「こりゃ驚いたな。どうしてまたそんな気持ちになったんだよ？」

「やっぱり吹部のおかげかな。ミタセンやカモティには振りまわされたけど、あのひとたちがいなかったら今日、ここにいることはないよね」

「まあ、そうだけど」

「ひとの人生を左右することもある仕事だから、やりがいがあると思ったの。もちろん責任は重いんだけどね」

「そっかぁ……」

「ふたりみたいな強烈なキャラにはなれそうにないし、なりたいわけじゃない。でもやっぱり感謝はしているし、魅力的なひとたちだと思う。わたしはわたしなりのやり方を探してみたいの」

「沙耶ならいい先生になれるよ」

西大寺はそう言ってくれた。

場内入りを待つため「東京都立浅川高校」と書かれたプラカードの前に到着した。ここではパートごとに整列する。

スマホの電源を落とそうと思い、手に取ると、おかあさんからのLINEが入っていた。

〈遅くなってごめんなさい。いま到着して加藤さんといろんな話で盛り上がってます〉

あれっと思い、返事を打ち返す。

〈加藤さんって蘭先輩のこと？〉

〈そう〉

〈どうして知ってるの？〉

〈この前、化粧品の営業に飛び込みできて、おたがいビックリしたの。ウチで加藤さんの会社の商品も扱うことになったのよ〉

〈へー。世の中せまいんだね〉

〈おとうさんも間に合ってよかった。あとで家族写真を撮ろうね〉

〈三人での撮影なんて本当にひさしぶりで思い出せないくらい〉

〈これからいろいろ償ってもらわなきゃね〉

〈じゃあ、行ってくるわ〉

〈あなたの高校生活の集大成ね。楽しんできて！〉

屋外とは温度差があるので、リハーサル室でもう一度、チューニング。ほどなく待機場所へと移動する。

大阪城ホール地下にある天井の低い空間に集まった。目の前の金属の扉の向こう側では楽条《らくじょう》学園高校が本番の演技をしていて、奏でる音や拍手が洩れ聞こえる。

部員たちはリラックスするため、おたがいの背中をたたいたり、抱き合ったりと忙しい。

さっきまでは声をあげてはしゃいでいた曽根さんがカモティの胸元で泣いていた。高まっていく緊張に耐えられなくなったのだろう。

「大丈夫。自信を持ってね」

カモティが優しく背中をさする。

不安を隠せない部員らはミタセンの周囲に集まってきた。

「いままで練習でミスしたら注意してたけど、今日だけは失敗しても許します。もし演奏やステップを間違えても、『まあいいや。残りの時間で取り戻そう』と思ってね。小さなミスで萎縮《いしゅく》しちゃ元も子もないよ。ここまで来たらパワーがすべて。圧倒的な勢いがあったら審査員は失敗を忘れちゃう。とにかく攻めて攻めて攻めまくって。あなたたちはできる。できる。できる。絶対にできるんだから」

その言葉を聞きながらみんな素直にうなずいている。ミタセンの内面からほとばしり出る根拠不明な自信が部員たちを勇気づける。

鳴り響く拍手が耳に届いた。

いよいよわたしたちの番だ。

部員たちがひとつにまとまり、小早川さんが口を開く。

「わたしたちに与えられた六分間。最高の時間にしていきましょう」

「はい」

返事はひとつだった。

「じゃあ、締めは部長にお願いします」

わたしに振られてビックリ。今朝の打ち合わせでは、ドラムメジャーが最後のかけ声までおこなうことになっていた。

目が合うと小早川さんはうなずく。なにも考えていなかったけど、いま伝えたいことはひとつ。

「みんなと……」

感無量《かんむりょう》となり一瞬、言葉に詰まる。

「みんなと出会えてホントによかった。みんなと出会えた奇跡に感謝。浅高ファイト！」

扉が開くと会場の光が飛び込んできた。

「ウォー」

かけ声とともにフロアへとなだれ込む。


全員が扇の形となり、要の部分では小早川さんがバトンをかかげ、凜と胸を張った。

今日、この場に立てることへの感謝を込めて。

満面の笑みをたたえる。

高校生活のすべてを出し切るとの決意はだれもが同じ。

小早川さんの右手が下ろされた。

まずは「スター・ウォーズ」のオープニングテーマから。

わたしたちのテーマは星。立ちどまったまま高らかに打ち鳴らすファンファーレでお客さんを一気に宇宙へと誘《いざな》う。

最前列のトランペットが炸裂した。八幡や真帆は絶好調のようだ。うしろからホルンが裏メロで支える。

出だしは完璧だ。

続いては「星条旗よ永遠なれ」

序奏の滑り出しも上々。

トロンボーンを正面にして三列となる動きがピタッと決まった。

続いての第一旋律ではすべての楽器がクリアに響く。そのまま前への行進。いつも微妙にブレていた曽根さんのシンバルもフィットしている。

第二旋律では規定課題であるUターンに入る。列ごとに百八十度方向転換をおこなわなくてはならない。

わたしの右斜め前を歩む甚太郎の笑みが目に入る。長いつき合いだけど、彼のあんな笑顔を見るのは初めてだ。

舞台正面に向かって進んだ楽団はシャープな百八十度回転をおこなってホール中央へと戻っていく。

中間部のトリオでは曲想がなめらかに変わる。

全員がUターンを終えたタイミングで外周課題がはじまった。フロアに描かれた二十メートルラインを一周。

これまでの練習であれほど苦労した左右の間隔はどこも均等にとれている。周囲の仲間の気配を感じとり、ひとつの生き物のように機能する。

バラバラだった動きと演奏が一体となる。

本番にしてようやくこんな境地にたどり着けた。

隊列がホール前方に集まるところでクラリネット、サックス、フルートが立ちどまり、ほかの楽器がその隊列を追い抜いていく。

このパートは木管が主役。演奏に集中するため、直前になってミタセンがドリルを変更した部分だ。渚のアルトサックスが楽しげにメロディを吹き遊《すさ》び、エナリンや奏のピッコロソロがリズミカルにはじけた。

外まわり後半になると、トロンボーンのオブリガートがはじまる。西大寺の音も伸びやかだ。木管のレガート部分で休んでいた曽根さんのシンバルがふたたび響きわたる。

周回のパレードを終え、元の場所に戻るや小気味よく演奏は終わる。

この曲も大成功だ。

続いては「ジュピター」

神秘的な星のまたたきが聞こえてくる。

だれもが知っている有名なフレーズに向け、各自が斜めに歩みを進める。

わたしたちのドリルでもっとも難しい星形への動きだ。

この隊形のまま三十二歩の足踏み演奏をおこなうので、いびつなラインになると元も子もない。全員が慎重に歩幅を合わせる。

決まった。

ひとりとしてはみ出すことなく見事な星を描き出す。

浅高吹部の聞かせどころの三拍子。星の最前列に配置された主旋律のクラリネットの音色が響きわたり、ユーフォニアムがメロディを支え、背後からわたしたちスーザフォンが低音のシャワーで包み込む。

やがてカンパニーフロントへ。

全員が誇らしげに横一列で行進する。

集団でありながら、ひとりとして個を失わない。

ほとばしるパッションが溶け合ってひとつのものとなる。

渚の言葉が頭のなかでよみがえった。

「わたしたちはもうすぐ卒業。もうすぐお別れ。それを考えただけで悲しくなってくる。でもみんなですごしたこのかけがえのない時間を忘れたくなかったの。泣いて笑ってぶつかった三年間をわたしたちの六分間に閉じ込めて、ずっとずっと輝かせていたい。だから星をテーマにしたのよ。わたしたちはいつまでも一緒に輝き続けるの、星のように」

そう、わたしたちはこの宇宙の物語を生きている。

二度と戻ってこない、かけがえのない時間。

一瞬一瞬を燃やしきる。

曲はいよいよクライマックスにちかづいた。

ＳＴＡＲの人文字へ向け、全員が高らかに吹きならしながら、縦横無尽にホールを移動する。

微妙な曲線を描く動きに寸分のくるいもない。

こころの底から楽しいと感じるがゆえに笑みがこぼれる。

宇宙にプカプカと浮いているような官能的な愉楽《ゆらく》。

カモティが言っていたのはこういう感覚なのだ。

からだの表面はエネルギーではち切れそう。

内側から生きている喜びがほとばしる。

このメンバーで演奏するのはこれで最後。

三年生に残された時間は少ない。

出会いがあるから別れもある。

でも、この歓喜は生涯忘れない。

わたしたちは星になる。

ひとつのものを作り上げたこの瞬間を、永遠のものとするために。

都 立 浅 川 高 校 吹 奏 楽 部

演奏曲一覧

新入生オリエンテーション

「銀河鉄道９９９」
「風が吹いている」

多摩センターわっしょい祭り

「コパカバーナ」
「ロコ・モーション」
「宝島」
「ディズニーメドレー」

マーチングコンテスト東京都大会（マーチングコンテスト予選）、
および全日本マーチングコンテスト

「スター・ウォーズ」
「星条旗よ永遠なれ」
「ジュピター」

東京都高等学校吹奏楽コンクール（コンクール予選）、
および吹奏楽コンクール東京都大会（コンクール都大会）

課題曲Ｖ「吹奏楽のためのスケルツォ第２番 夏」鹿野草平
自由曲「ダフニスとクロエ」

オータムフェア

「ムーンライト・セレナーデ」
「A列車で行こう」
「ラプソディー・イン・ブルー」
「枯葉」
「スタジオジブリ名曲集」
「情熱大陸」
「セプテンバー」

取 材 協 力

ドリル・デザイナー
田中久仁明

株式会社ブレーメン
（兵庫県西宮市安井町 2-33）
のみなさま
https://bremen.co.jp

本書は、二〇一八年十月に小社より刊行された単行本『まぁちんぐ！　吹部！＃2』を改題し、加筆修正のうえ、文庫化したものです。

吹部《すいぶ》！　第二楽章《だいにがくしよう》

赤澤竜也《あかざわたつや》

令和2年 6月25日　初版発行
令和6年 12月10日　3版発行

発行者●山下直久

発行●株式会社KADOKAWA
〒102-8177　東京都千代田区富士見2-13-3
電話　0570-002-301（ナビダイヤル）

角川文庫 22212

印刷所●株式会社KADOKAWA
製本所●株式会社KADOKAWA

表紙画●和田三造

●お問い合わせ
https://www.kadokawa.co.jp/（「お問い合わせ」へお進みください）
※内容によっては、お答えできない場合があります。
※サポートは日本国内のみとさせていただきます。
※Japanese text only

ISBN 978-4-04-109600-0　C0193

角川文庫発刊に際して

角川源義

　第二次世界大戦の敗北は、軍事力の敗北であった以上に、私たちの若い文化力の敗退であった。私たちの文化が戦争に対して如何に無力であり、単なるあだ花に過ぎなかったかを、私たちは身を以て体験し痛感した。西洋近代文化の摂取にとって、明治以後八十年の歳月は決して短かすぎたとは言えない。にもかかわらず、近代文化の伝統を確立し、自由な批判と柔軟な良識に富む文化層として自らを形成することに私たちは失敗して来た。そしてこれは、各層への文化の普及滲透を任務とする出版人の責任でもあった。

　一九四五年以来、私たちは再び振出しに戻り、第一歩から踏み出すことを余儀なくされた。これは大きな不幸ではあるが、反面、これまでの混沌・未熟・歪曲の中にあった我が国の文化に秩序と確たる基礎を齎らすためには絶好の機会でもある。角川書店は、このような祖国の文化的危機にあたり、微力をも顧みず再建の礎石たるべき抱負と決意とをもって出発したが、ここに創立以来の念願を果すべく角川文庫を発刊する。これまで刊行されたあらゆる全集叢書文庫類の長所と短所とを検討し、古今東西の不朽の典籍を、良心的編集のもとに、廉価に、そして書架にふさわしい美本として、多くのひとびとに提供しようとする。しかし私たちは徒らに百科全書的な知識のジレッタントを作ることを目的とせず、あくまで祖国の文化に秩序と再建への道を示し、この文庫を角川書店の栄ある事業として、今後永久に継続発展せしめ、学芸と教養との殿堂として大成せんことを期したい。多くの読書子の愛情ある忠言と支持とによって、この希望と抱負とを完遂せしめられんことを願う。

一九四九年五月三日